KB121187

로크미디어가
유혹하는
재미있는 세상

이것이 법이다

이것이 법이다 149

2022년 12월 6일 초판 1쇄 인쇄
2022년 12월 9일 초판 1쇄 발행

지은이 자카예프
발행인 김정수 강준규

기획 이기헌 왕소현 박경무 강민구 조익현
책임편집 최전경
마케팅지원 이원선

발행처 (주)로크미디어
출판등록 2003년 3월 24일
주소 서울시 마포구 마포대로 45 일진빌딩 6층
Tel (02)3273-5135 **Fax** (02)3273-5134
홈페이지 rokmedia.com **E-mail** rokmedia@empas.com

ⓒ 자카예프, 2015

값 9,000원

ISBN 979-11-354-7363-0 (149권)
ISBN 979-11-255-9575-5 04810 (세트)

이것이 법이다

149

자카예프 장편소설

로크미디어

CONTENTS

자유와 방종

"코델09의 위협에 대해서는 잘 아시죠?"

노형진은 눈앞에 있는 남자를 바라보면서 물었다.

그는 고개를 끄덕거렸다.

그는 CIA의 주요 부서의 담당자였다.

제임스라고만 자신을 소개한 남자는 업무의 특성상 정확한 신분을 알려 주지는 않았지만 다른 사람도 아닌 노형진의 CIA 인력 지원 요청에 그가 찾아왔으니 그가 CIA라는 것은 확실한 사실이었다.

"알고 있습니다. 그걸 모르는 사람이 있을까요?"

이제 슬슬 고개를 쳐들고 있는 코델09지만 이미 나라 내부는 발칵 뒤집어진 상태다.

"대통령은 뭐랍니까?"

"뭐, 그 인간이야, 하아~."

사업가 출신인 현 대통령은 방역이나 질병 예방에 관심이 없었다.

"CDC 방역 예산을 전액 삭감한 게 그 인간입니다."

CDC는 미국의 방역을 담당하는 기구다.

당연히 그들이 이 상황에서 가장 적극적으로 행동해야 하는데, 현 대통령이 예산을 삭감하는 바람에 꼼짝도 못 하고 있었다.

심지어 그는 지금 상황에서도 코델은 별거 아니라면서 정상적인 활동을 권장하고 있다.

"물론 그것도 문제가 되기는 하지요. 하지만 민간도 문제가 될 텐데요?"

"민간이요?"

"요즘 부쩍 시위가 많아진 것 같던데요."

"시위? 아, 그 미친놈들 말입니까? 뇌가 치즈로 되어 있는 건지."

"미국뿐만 아니라 유럽도 마찬가지이고요."

미국과 유럽에서는 연신 시위가 계속되고 있다.

이게 문제가 뭐냐면, 이 시위를 하는 인간들이 제정신으로 보이지 않는다는 거다.

정상적인 생각을 가지고 정상적인 판단을 하는, 그래서 자신의 권리를 위해 하는 시위라면?

이해한다. 민주주의국가니까.

그런데 이 시위하는 놈들은 생각이라는 것 자체가 없는 놈들 같았다.

"코델09가 5G 기지국으로 전염된다고 한다면서요?"

"다른 음모론으로는, 유태인들이 인간을 지배하기 위해 만든 초소형 바이러스형 로봇이라는 설도 있습니다."

"그건 몰랐는데 재미있군요. 코델09가 존재하지 않는 가짜 바이러스라는 소리는 들었습니다만."

"저는 재미없습니다."

고개를 절레절레 흔드는 제임스.

"그나마 그런 새끼들은 누가 봐도 미친놈이긴 하죠."

노형진은 고개를 끄덕거렸다.

"하지만 제가 걱정하는 건 그런 놈들이 아닙니다. 애초에 그런 음모론자들은 소수니까요."

"그러면?"

"제가 걱정하는 건 자유론자들입니다. 마스크를 쓰는 행동이 자신들의 자유를 침해한다고 주장하는 놈들 말입니다."

"하긴, 시위의 대부분이 그거죠. 아직은 강제하지 않아서 시위가 그리 격화되지는 않습니다만."

'그래, 그게 문제지.'

노형진이 굳이 코델09바이러스가 퍼지기 시작하는 미국에 위험하게 남은 이유가 바로 그 문제를 해결하기 위해서였다.

'지능지수가 의심되는 놈들.'

음모론? 생각이야 그들 마음대로 얼마든지 할 수 있다.

사실 음모론자는 남에게 피해를 주지는 않는다. 자기 혼자 음모론을 떠들고 다녀 봐야 미친놈 소리나 더 듣겠는가?

하지만 이놈의 자유론자들은 궤변을 이용해서 시위하고 바이러스를 퍼트린다.

'이게 심각한 문제란 말이지.'

음모론자들은 주변에 피해를 주지 않지만 이 자유론자들은 아니다. 마스크도 안 쓰고 다니고 몰려다니면서 시위하며 미친 듯이 코넬을 퍼트린다.

자유라는 이름하에, 그들은 뭘 해도 된다고 생각한다.

"방종과 자유의 차이를 모르는 건 심각한 건데요. 애초에 이건 방종의 문제도 아닌 것 같군요. 지능의 문제니까."

"하하하, 아마 한국인인 미스터 노는 이해하지 못할 겁니다."

제임스는 노형진의 말에 쓰게 웃었다.

"한국은 각 국민에게 별도의 관리 번호가 붙을 정도로, 의외로 강력한 통제 사회 아닙니까?"

"주민등록번호 말씀이군요."

"네, 맞습니다. 미국은 그런 게 기본적으로 불가한 자유방임주의니까요. 더군다나 미국은, 음…… 과거에 안 좋은 사건들이 몇 번 있지 않았습니까?"

"그건 알고 있습니다."

과거에 미국 정부는 국민들을 대상으로 생체 실험을 한 적이 있다.

장애인과 흑인을 대상으로 이루어졌고, 그 때문에 미국에서는 백신이나 주사에 대한 의심과 혐오가 아주 심하다.

'마치 일본 같은 거지.'

일본이 과거에 전쟁배상금을 갚기 위해 은행에 있던 모든 국민의 자산을 압류한 적이 있기 때문에 일본의 국민들 중 나이가 좀 있는 사람들은 은행에 돈을 넣어 두는 걸 여전히 꺼린다.

"문제는, 제임스 씨도 아시겠지만 그들이 자유라는 이름을 걸고 저딴 짓거리를 하면 영 곤란하단 말이지요."

자기들이 마스크를 안 쓰는 거? 자기 혼자 뒈지고 마는 거다.

하지만 뭉쳐 다니면서 마스크를 쓰지 말자고 시위하고 사방을 돌아다니면서 바이러스를 뿌려 댄다면 당연히 사망자는 기하급수적으로 늘어난다.

'문제는 이게 단순히 미국만의 문제가 아니라는 거지.'

미국만 이런 문제로 고생한 게 아니다.

심지어 한국에서조차도 코넬09가 가짜라는 시위가 연신 벌어졌는데, 그들은 마스크도 쓰지 않고 몰려다니면서 전국에 바이러스를 퍼트렸다.

"그나마 한국은 좀 나은 편입니다만."

"그건 그렇지요. 한국은 전체적으로 국민들의 지적 능력이 상당한 편이니까요."

한국에서는 소수의 그런 놈들이 돌아다니면서 마스크를 퍼트리면 대부분의 국민들에게 욕을 먹었다.

하지만 미국은?

"자유라는 이름으로 그게 보장됩니다."

노형진의 말에 제임스는 입맛을 쩝쩝 다셨다. 그 말이 틀린 건 아니니까.

"물론 사람마다 다르지만 말입니다. 저는 그게 자유가 아니라 방종이라고 생각합니다."

"방종이라. 그건 그렇지요. 문제는, 위에서는 그걸 자유라고 생각한다는 거죠."

자유는 남에게 피해를 주지 않으면서 자신의 삶을 살아갈 수 있는 권리다.

하지만 지금 그들은 전국을 바이러스로 도배하고 있다.

심지어 그것도 부족해서 마스크를 쓰지 말라고 선동하고, 마스크를 쓰는 행동을 국민들을 통제하려고 하는 미국 정부의 음모라고 주장했다.

심지어 마스크를 쓴 사람에 대한 집단 린치도 벌어지고 있다.

이것이 법이다

'뭔 생각인지, 원.'

상식적으로 마스크에 개개인의 감시 칩이 들어 있다는 게 말이나 되는가? 그걸 누가 사는지도 모르는데?

설사 그걸 어찌어찌 박았다고 치자. 이 세상에는 아직 공개되지 않은 기술들이 많으니까.

그런데 그런 칩이 과연 쌀까? 거기다 개개인을 구분해서 인식시켜야 하는데?

게다가 그 문제가 해결되었다 한들, 원래 마스크는 하루에 한 장씩 쓰는 게 기본 상식이다.

지금이야 재고 부족으로 돌려 막고 있지만 좀 안정되면 더는 마스크가 부족하지 않게 된다.

"길어 봐야 일주일 후에 버려질 마스크에 그 비싼 칩을 박아서 뭐 할 건데요?"

감시할 거라면 자동차나 집같이 버릴 수 없는 물건에 칩을 박지 누가 미쳤다고 마스크에 박겠는가?

"그러니까요."

CIA 입장에서는 기가 찰 노릇이다.

물론 기본적으로 CIA는 자국 내 감시에 대한 권한이 없다. 당연히 그걸 관리하는 건 FBI다.

조금이라도 생각이 있는 사람이라면 그 주장이 말도 안 된다는 걸 알게 될 거다.

"저는 그걸 막고 싶습니다."

자유에 대한 통제? 그건 안 된다.

하지만 자유와 방종조차도 구분 못하는 멍청이들이 설치는 걸 참을 정도로 노형진은 착하지 않다.

물론 자기들끼리 저러다가 죽는다고 하면 노형진은 신경 쓰지 않는다.

하지만 저런 멍청한 짓을 하는 놈들 때문에 전 세계가 고통받는다.

미국뿐만 아니라 유럽, 한국까지 모두.

"일단 마스크도 부족한 상황입니다만."

"마스크의 문제가 아닙니다. 당장 시위하는 놈들을 막지 않으면 수억 명이 죽어 나갈 겁니다."

제임스는 그 말에 눈을 찡그렸다.

하지만 지금 사망자 추이를 보면 불가능한 것도 아니다.

지금 전 세계가 이 코델09를 조사 중이고, 제임스는 그 위협을 누구보다 잘 아는 사람이다.

"그렇다고 해도 저희가 할 수 있는 건 아무것도 없습니다. 현실적으로 미국 국내를 감시하는 건 저희 소관이 아닙니다."

"물론 그렇지요. 하지만 그렇다고 해서 가만있을 수는 없어요."

"그게 무슨 말씀이십니까?"

"합법적인 차단의 원인을 만들어 주면 되는 겁니다."

"합법적인 차단의 원인?"

"네. 저들이 자유를 주장할 수 있는 건 미국이라는 나라가 있기 때문입니다. 자유민주주의가 있기 때문에 자신들의 권리를 주장할 수 있는 거죠."

"그런데요?"

"그런데 저런 주장을 하는 놈들의 공통점이 뭔지 압니까? 자유라는 걸 자기 마음대로 곡해한다는 겁니다."

자기 입맛에 맞게 자유를 해석하고, 그걸 막으려고 하면 자유를 침해한다면서 소리를 빽빽 지른다.

문제는 미국의 경우는 자유의 가치가 워낙 크기 때문에 그들이 자유라는 가치를 내세우면서 공격하면 터치하지 못한다는 거다.

"마치 이슬람 세력과 같죠."

그들은 자유민주주의 세계에 와서 자유와 민주주의라는 이름으로 자신을 보호하라고 요구한다.

그런데 정작 보호해 주면 이슬람 율법인 샤리아를 지키라고 해당 국가의 국민들에게 테러를 가하고 도둑질하고 강요한다.

그들은 자유라는 걸 자기들 입맛에 맞게 해석하는 거다.

"그러니까 말입니다, 그걸 막기 위한 적당한 핑계를 만들어 내는 겁니다."

"적당한 핑계?"

"네. 뭐, 미국에서 사건을 조작하는 거야 하루 이틀 일도 아니지 않습니까?"

"크흠."

노형진의 말에 제임스는 헛기침을 했다.

실제로 많은 사건을 미국이 조작했다. 당장 베트남 참전의 원인인 통킹만 사건 역시 미국이 조작한 것이니까.

"하지만 조작은 좀……."

못 할 건 아니다. 하지만 자국민을 대상으로 조작 전술을 쓰는 건 위험한 일이다.

만일 그게 터지면 최악의 경우 CIA가 해체될 만큼 말이다.

"하하하, 진짜로 조작하자는 건 아닙니다."

"그게 무슨 말씀이십니까? 진짜 조작하는 게 아니라고요? 그러면 국민들에게 손쓴다는 건……?"

"곡해라는 거 말입니다, 저들만 하라는 법은 없지 않습니까?"

"……?"

노형진의 말에 제임스는 이해하지 못해 어리둥절한 얼굴이 되었다.

⚖

며칠 후. 미국의 대통령 도널드 올드먼은 생각지도 못한

CIA의 보고서를 확인했다.

"이게 무슨 소리인가?"

너무 황당한 보고서였기에 도널드 올드먼은 그걸 제출한 CIA 국장에게 확인하듯이 되물었다.

"보다시피 생화학 테러에 대한 보고서입니다."

"나도 알고 있네. 몰라서 묻는 게 아니잖아? 이게 뭔 소리야? 코넬09를 이용한 생화학 테러와 그를 이용한 국가 전복 가능성?"

"그렇습니다."

"장난해? 지금 코넬 때문에 얼마나 머리가 아픈데. 그런데 테러? 국가 전복?"

어이없는 표정으로 CIA 국장에게 성질을 내던 도널드 올드먼은 문득 머릿속을 스쳐 지나가는 어떤 생각에 멈칫했다.

"설마, 코넬09라는 게 누군가의 테러로 만들어졌다는 건가?"

"아닙니다. 그건 알 수 없습니다. 조사 중입니다만, 발원지가 중국이라는 것 말고는 나온 게 없습니다."

"장난해, 지금? 누가 그걸 몰라서 물어? 그런데 여기서 왜 테러와 국가 전복이 나와!"

도널드 올드먼은 분노에 차서 소리를 질렀다.

"가능성에 대한 언급일 뿐입니다."

"가능성에 대한 언급? 지금 그걸 말이라고……."

"CIA는 국가를 지키는 최전방 보루입니다. 어떤 작은 가능성도 무시할 수 없습니다. 쌍둥이 빌딩의 전례도 있지 않습니까?"

"큭."

미국의 가장 큰 트라우마 중 하나가 바로 쌍둥이 빌딩 비행기 충돌 사건이다. 미국이 전쟁에 나서게 된 첫 번째 이유이기도 하고 말이다.

사실 그 당시 의외로 관련 정보는 많았다.

하지만 미국의 CIA가 말도 안 된다고 그 정보를 무시하는 바람에, 민간 항공기 납치 충돌이라는 최악의 사태가 발생한 거다.

"그래, 간단하게 말하게."

"보고서를 보시면 알겠지만……."

"간략하게 말해. 지금 바쁜 거 안 보여?"

도널드 올드먼은 화를 버럭 냈다.

그렇잖아도 코렐09 때문에 머리가 아파 오는 지경이었다.

이탈리아에서는 군까지 동원되고 있는데 마스크는 없어서 도시들을 폐쇄해야 하느냐 마느냐의 위기에 봉착한 상황이었다.

그런데 한가하게 보고서 읽을 시간은 없었다.

"그럼 간단하게 말씀드리겠습니다. 기본적으로 생화학 테러에서 가장 힘든 점은 두 가지입니다. 바로 반입과 살포입니다."

"누가 그걸 모르나?"

"네. 그리고 코넬09바이러스로 인해 이미 그건 이루어졌습니다."

"병이니까 당연하지."

"인위적으로 만들어졌을 가능성이 크다고 의심되는 병이지요."

"으음……."

실제로 중국에서 코넬09를 만들었다는 의심은 끊임없이 제기되었다. 그리고 도널드 올드먼은 개인적으로 중국이 바이러스를 만들었다고 믿는 사람이었다.

그래서 전 세계에서 공식적으로 코넬09바이러스라는 이름으로 부르고 있음에도 불구하고 그는 중국바이러스 또는 형주바이러스라고 부르고 있었다.

"그런데 뭐?"

"현실적으로 이미 미국 내에 바이러스가 퍼진 상황이고, 그 말은 생화학 테러의 첫 번째 단계인 균의 살포가 끝났다는 뜻입니다. 이제 전략적으로 그다음 단계로 들어가겠지요."

"전략적 다음 단계?"

"생화학 바이러스가 널리 퍼져야 적에게 타격을 줍니다, 각하."

기껏 바이러스를 뿌렸는데 사전에 차단당해서 감염자가

한 서른 명 정도로 그쳤다면 사실상 피해는 없는 것이나 마찬가지다.

실제로도 테러 단체들이 미국에 탄저균 바이러스를 살포해서 테러를 일으켰지만 미국은 모든 우편물의 살균 처리 등을 통해 그 테러를 막아 냈다.

피해가 없는 건 아니었지만 유의미한 정도는 아니었다.

"그런데?"

"당연히 세균의 확산 단계로 들어가게 됩니다. 그 과정에서 상대방의 방역 방해는 필수이고요."

"방역의 방해?"

"그렇습니다. 지금 미국의 전 지역에서는 마스크 착용과 소독을 반대하는 시위가 극성입니다. 마치 짠 것처럼 동시에 말입니다."

그 말에 도널드 올드먼의 얼굴이 굳어졌다.

확실히 그런 보고는 받았다. 수천에서 수만 명이 모여들어 방역 철회를 요구하면서 시위하고 있다고.

"무슨 말도 안 되는……."

하지만 아무리 그래도 생각이 너무 앞서 나갔다고 생각한 도널드 올드먼은 피식 웃었다.

그런데 그때 옆에 있던 안보 자문관이 자신도 모르게 신음을 냈다.

"으음……."

"왜 그러나?"

"공산주의의 국가 전복 전략이 뭔지 아십니까?"

"글쎄. 자네가 알려 주겠지?"

본래 사업가였던 도널드 올드먼은 그런 자세한 건 몰랐다.

"일단은 노동자나 하위 계층의 포섭입니다. 보통은 생존을 약점으로 잡아서 그들이 봉기하게 만듭니다. 그리고 공산주의 사상을 전파하고 국가에 저항하도록 유도합니다."

"그래서?"

"각하, 공산 세력이 가장 많이 쓰는 하위 계층의 포섭 방식이 바로 생존 문제입니다."

"그게 우리와 무슨……."

되물으려고 하던 도널드 올드먼은 말문이 턱 하고 막혔다.

"지금 우리가 이야기하고 있는 것이 도시의 셧다운 아닙니까?"

셧다운. 쉽게 말해서 도시 봉쇄.

그렇게 되면 무슨 일이 벌어질까?

당연히 그 안에서 살아가던 모든 사람의 생계 문제가 절박해진다.

"공산주의의 첫 번째 방식입니다."

고의적으로 상대방의 생존 시스템에 혼란을 주고 그 책임을 기존 정부에 전가하는 방식.

안보 자문관의 말에 도널드 올드먼은 한참 침묵을 지켰다.

그러다가 아까와는 사뭇 다른 눈빛으로 CIA 국장을 바라보았다.

"일단 앉도록 하지. 자세하게 이야기해 보게."

자리를 권했다는 것. 그건 긴 시간을 들여 이 이야기를 들어 보겠다는 의미였다.

"방금 말씀드렸다시피 현재 우리나라는 코델09에 감염되어 있습니다. 그걸 막기 위해서는 국민들의 협조와 방역이 절실합니다."

"그렇지."

"하지만 알 수 없는 이유로 방역을 거부하는 세력이 발생했습니다. 전국에서 동시다발적으로 그런 세력이 발생할 가능성이 얼마나 되겠습니까?"

"흠……."

방역 금지, 마스크 금지를 주장하면서 말도 안 되는 비과학적 주장을 하는 시위자들.

그들은 도심을 돌아다니면서 미국 정부의 음모라고 외치고 있다.

"마스크 착용과 방역 금지, 봉쇄 금지, 심지어 코델09의 존재 부정까지. 그들의 모든 주장은 하나같이 방역의 방해에 맞춰져 있습니다."

"그래서 테러 가능성이라고 이야기한 건가?"

"그렇습니다."

이미 세균은 어디에나 퍼진 상황이다.

누군가가 새롭게 한 지역을 감염시켜도 미 정부의 입장에서는 신규 확진자의 발생일 뿐 테러라고 인식하기는 힘들다.

"만일 말일세…… 진짜 만일 자네 말이 맞다면…… 그 후에는 어떻게 되나?"

"질병이 퍼지고 나면 셧다운이 실행됩니다. 그건 아실 겁니다."

CIA 국장은 모여 있는 사람들을 둘러보면서 말했다.

실제로 이 사람들은 셧다운을 할 건지 논의하기 위해 모인 거다.

"민중의 불안 자극, 불만 가중, 불안 확장, 시위 발생…… 그리고 그걸 막기 위한 병력 동원. 그 후에는……."

마지막 말은 하지 않았지만 안보 자문관은 그게 뭔지 알 것 같았다.

"민중 봉기."

"맞습니다. 그리고 그때부터 우리나라는 내전 상태에 들어갑니다."

그럴 수밖에 없는 게, 미국은 총기 자유국이다.

국민들이 진짜 뚜껑이 열리면 총질을 시작할 테고, 그걸 막기 위해서는 군이 투입될 거다.

그리고 군과 민간인이 서로 총질하게 되면, 자유를 우선시하는 미국의 특성상 민간에 동조하는 세력이 나타날 게 뻔하다.

"전형적인 공산주의식 국가 전복 과정이군."

안보 자문관은 쓰게 웃었다.

병에만 신경 쓰고 있었는데 전혀 예상하지 못한 부분이 튀어나온 것이다.

"아니, 왜 굳이 시위를 군을 동원해서 막나?"

대통령은 당연히 경찰이 나서서 막아야 한다고 생각했다. 그걸 위해 존재하는 경찰이 아닌가?

대통령의 물음에 안보 자문관이 걱정스럽게 말했다.

"현실적으로 코델09 기간 동안은 경찰 인원이 부족할 겁니다."

"뭐?"

"우리 미국 경찰의 고질적인 인원 부족 문제에 대해 아시지 않습니까?"

미국의 경찰 부족 문제는 아주 심각하다.

일단 총기 자유국이라서 일하다가 총을 맞아 죽을 가능성이 높다 보니 지원자가 많지 않은 데다가, 워낙 인원이 부족한 탓에 제대로 교육도 되지 않기 때문이다.

경찰에 임용되면 2주 정도 교육을 받고 바로 실전 배치되는데, 한국에서 신병 훈련 기간이 6주라는 걸 생각하면 이게 얼마나 터무니없이 짧은 기간인지 알 수 있다.

미국에서 경찰의 수많은 사고들이 이런 짧은 훈련 기간에서 기인한다는 건 딱히 비밀도 아니다.

전문적인 영역에서 훈련받고 냉철하게 상황을 판단하는 게 아니라 본능적으로 위험하다 싶으면 무조건 선발포하는 식으로 대응하기 때문이다.

"아시겠지만 코델09 이후 범죄율이 치솟고 있습니다, 각하. 일선에서 경찰의 인원 부족을 외친 지 상당히 오래되었습니다."

"으음……."

인원은 부족한데 현실적으로 보충할 방법이 없다.

지금도 상황을 뻔히 알면서도 고작 2주간 훈련시키고 투입하는 실정이다.

시위를 통제할 경찰이 턱없이 부족하기 때문이다.

"아시겠지만 우리나라에는 고질적인 문제가 있습니다."

문제가 터지면 내부적으로 컨트롤되지 않고 폭동으로 이어진다는 것.

그리고 그때 어마어마한 경찰 병력과 때때로는 군 병력까지 동원된다는 것.

"평소라면 모르지만, 지금 우리는 코델09라는 최악의 바이러스와 싸우고 있습니다."

도널드 올드먼은 곧 그 말을 이해하고 부르르 떨었다.

그도 대통령을 할 만큼 지식은 있는 사람이다.

"군이나 경찰 병력 내부에 바이러스가 퍼질 가능성은?"

"현재 판단으로는 거의 100%로 보입니다."

"뭐? 그게 가능해?"

"비상시 군 병력과 경찰 병력은 집결해서 생활하게 됩니다."

그런데 코넬09의 감염력을 감안하면, 그런 환경에서는 반드시 감염 사태가 벌어진다.

더군다나 군 병력이 모이는 곳은 제대로 된 집합소도 아닌 임시 숙소일 게 뻔하다.

그런 환경에서 마스크도 없이 생활한다면?

"황당하게도 시위를 막기 위해 동원된 경찰이나 군 병력이 감염의 매개체가 될 겁니다, 각하."

"미친."

"이게 세균전의 무서운 점입니다."

세균전이 무서운 건 그 세균에 사람이 죽는다는 점도 있지만 그로 인해 필요한 인원이 모조리 격리된다는 점도 있다.

"아시겠지만 이건 전면전이 아닙니다."

차라리 전면전이라면, 진짜 국가의 존망을 걸고 사생결단해야 하는 전쟁이라면 동원하면 그만이다.

병에 죽나 총 맞아 죽나 죽는 건 마찬가지니까.

"하지만 이건 국가 내부의 시위 통제 상황입니다."

병력을 모았는데 확진자가 나왔다?

국가 시스템은 멀쩡하니, 그렇게 집결한 사람들을 모조리 격리 치료해야 한다.

그리고 그 자리에 군을 동원해야 한다는 건데, 그 안에 확진자가 없으리라는 보장도 없다.

"병사들이나 경찰들을 모조리 검사한 후에 투입한다고 해결되는 것도 아닙니다."

시위를 진압해야 하는데 그 시위자들이 코델 부정론자, 또는 자유에 의거한 방역 반대론자들이다.

시위를 벌일 정도로 극단적인 인간들이 과연 평소에 마스크를 쓰고 소독하면서 다닐까?

그럴 리가 없다. 당연히 그들 중 상당수는 감염된 상황일 거다.

"그들이 시위한다면, 시위대뿐만 아니라 우리 군이나 경찰 병력 역시 감염의 위험이 있습니다. 말이 시위대지 그들은 거대한 바이러스 덩어리일 겁니다."

분 단위로 같은 방에 있었다는 이유만으로 한 명이 내뿜는 바이러스에도 모조리 감염되는 게 코델09바이러스의 위력이다.

그런데 '시위대'라는 미명하에 모인 수천 명의 감염자들이 내뿜는 바이러스의 양은 얼마나 될까?

그건 거대한 바이러스 덩어리라고 봐도 될 것이다.

"그리고 아시겠지만 바이러스 전염은 감염자들에게서 멀어진다고 해서 끝나지 않습니다."

"뭐?"

"일단 접촉한 후에 확진자가 확인된다면…… 아니 100%

확진될 겁니다. 그렇게 되면 바이러스가 옷이나 장비의 표면에 묻어 있을 가능성이 큽니다."

당연히 경찰이나 군의 장비에 대한 소독 절차가 진행되어야 한다.

거기다가 가장 큰 문제는, 그런 경우 다시 격리해야 한다는 것.

"현실적으로 시위가 늘어나면 치안이 완전히 무너지는 데 한 달도 안 걸릴 겁니다."

그 말에 도널드 올드먼은 멍한 표정이 되었다. 그런 생각은 해 본 적이 없으니까.

'하지만 현실이지.'

CIA 국장은 요원에게서 올라온 보고서를 생각하며 속으로 움찔했다.

'농담이 아니야. 미스터 노는 단순 가능성처럼 이야기했지만…….'

하지만 내부 인원을 동원해서 따져 본 결과 그렇게 될 가능성이 높다.

사람들은 생화학병기라고 하면 강력하고 또 치명적이며 치사율이 높은 그런 질병을 생각한다.

하지만 그런 질병은 의외로 생화학병기로써의 가치가 높지 않다. 왜냐하면 질병이 퍼질 시간을 주지 않기 때문이다.

그런 질병은 격리만 잘하면 종료되는 만큼, 차단이 쉽다.

진짜 생화학병기로 가치가 높은 것은 전염성이 아주 높고 치사율은 무시를 못 할 수준이며 전파된 바이러스의 생존 기간이 길고 변이가 잘되어서 치료가 어려우며 치료 후에도 심각한 후유증이 남는 그런 종류다.

그런 질병의 경우는 애초에 차단 자체가 쉽지 않기 때문이다.

'마치 코델09처럼 말이지.'

마치 생화학병기로 개발된 것처럼 완벽한 성능을 가진 코델09가 이미 시중에 퍼졌다.

그런데 그걸 무차별적으로 퍼트리는 테러가 벌어진다면?

당연하게도 국가에서는 그걸 테러나 전쟁으로 인식하지 못하고 또 다른 감염으로만 생각할 것이다.

추적? 감염자가 한두 명이어야 추적도 가능하지, 만 단위가 넘어가면 그것도 의미 없는 행동이다.

"생화학 테러······. 이게······ 가능한 일인가? 진짜로?"

"가능성이 높습니다."

안보 자문관은 고개를 끄덕거렸다.

"저라면 이미 퍼진 이상 그런 방법을 쓰는 것도 나쁘지 않다고 생각합니다. 확실히 증거가 없는 테러 시도니까요."

"이런 미친."

도널드 올드먼은 눈을 찡그렸다.

"누가 이런 미친 짓을 한단 말인가?"

"미국, 아니 전 세계를 지배하고 싶어 하는 놈이겠지요. 그런 공산국가가 하나 있지 않습니까?"

"중국 말인가?"

"네. 애초에 지금 이 바이러스가 중국에서 발생한 거야 비밀도 아니고요."

지금 대중에게는 중국에서 만든 군사용 바이러스가 실수로 흘러나왔다는 이야기가 돌고 있다.

실제로 그곳에는 중국의 바이러스 연구소가 있기도 하고.

"가능성이……."

사실 도널드 올드먼은 확고한 반중국파다.

그건 그의 정치적 사상 때문이 아니다.

그의 정치적 사상과 상관없이, 중국이 미국의 돈벌이를 방해하고 패권주의를 추구하는 꼴이 마음에 들지 않았기 때문이다.

더군다나 공공연하게 미국을 꺾겠다고 거들먹거리는 꼴이 영 눈에 거슬렸다.

문제는 그런 중국의 행동이 아예 무시할 수는 없는 수준이라는 거다.

중국의 돈에 넘어가서 미국을 매도하고 중국을 빨아 주는 미국 기업이 어디 한두 곳이란 말인가?

당장 미국의 NBA가 중국에 무릎 꿇고 사과한 것은 딱히 비밀도 아니다.

"그런 경우에 말이야…… 우리 대응책은?"

"현실적으로 없습니다."

"뭐?"

"각하, 그렇게 되면 우리가 싸우는 대상은 우리나라 국민이 됩니다. 중국이 아니라요."

발포라도 하게 되면 내전으로 흘러갈 가능성이 크다.

"내전으로 발전한다면, 중국에서 아마 반란군에 무기를 공급할 가능성이 큽니다."

미국이 내전을 하게 되면 아마도 중국이 세계 패권 1위를 할 테니까.

"농담이 아닌 것 같은데."

도널드 올드먼은 보고서를 다시 한번 물끄러미 내려다보았다.

지금 간략하게 보고받은 것만으로도 국가 전복 위기가 느껴지는 분위기다. 과연 저 보고서 안에는 얼마나 많은 두려운 미래가 그려져 있을까?

"보고서는 이것뿐인가?"

"그렇습니다."

"가서 복사해 오게. 같이 보도록 하지."

그 말은 이 안건에 대해 제대로 이야기해 보겠다는 뜻이었다.

"알겠습니다."

비서관이 그걸 받아서 일어나자 CIA 국장은 주먹을 불끈 쥐었다.

⚖

"도널드 올드먼 대통령께서 감사의 인사를 전해 달랍니다."

제임스는, 아니 제임스라고 자신을 밝힌 남자는 노형진에게 말했다.

"하지만 당장 중국에 어떤 제스처를 취할 수는 없다고 하십니다."

공식적으로 보고서는 미다스의 예측으로 작성되었고, 그걸 우려 차원에서 노형진이 CIA에 전달, 그 후에 CIA가 가능성에 대해 검토한 끝에 긍정적으로 판단한 것으로 되어 있었다.

"그렇겠지요. 이건 예상일 뿐이니까."

예상이다. 하지만 충분히 가능성이 있는 예상이다.

'하지만 얼마 후에는 예상이 아니게 될 거야.'

사실 노형진은 코델09가 올 것도 알고 있었고 그 후에 벌어질 일도 알고 있었다. 그런데 그것과 관련해서 준비하지 않았을 리가 없다.

"제 생각에는 말입니다."

노형진은 참담한 목소리로 말했다.

"이미 미국은 중국에 작업당하고 있을 겁니다."

"중국에요?"

"네, 중국에요."

그 말에 제임스는 눈을 찡그릴 뿐 뭐라고 부정하지는 못했
다.

확대해석? 그건 내 전문이지

　아무리 미국 대통령인 도널드 올드먼이 막가파 타입이라
해도 대상이 다른 나라도 아닌 중국이다 보니 의심스럽다는
이유만으로 선전포고를 하지는 못했다.

　하지만 그 때문에 도널드 올드먼의 신경은 중국으로 쏠렸다.

　그러나 그걸 모르는 중국은 적반하장식으로 미국을 도발
했다.

　-제대로 코델09를 통제도 못하는 미국은 전 세계에 사과해야 합
니다. 우리 중국은 바이러스를 통제함으로써 전 세계의 안보와 건강
에 지대한 공헌을 했습니다.

중국의 발표. 그리고 때맞춰 발표된 WHO 사무총장의 발표.

　-중국은 코델09를 선진적 방역을 통해 충실히 통제해 놨습니다.
전 세계는 방역의 모범이 어떤 것인지 보여 준 중국에 감사해야 합
니다.

　말도 안 되게 환장할 말이었다.
　물론 그 발언의 목적은 지극히 사적인 것이었다.
　중국은 자신들의 우월성을 자랑하기 위해서, WHO의 사
무총장은 자신의 두둑한 지갑을 위해서.
　"어떻게 생각하나?"
　그들의 발표를 보면서 도널드 올드먼은 심각한 얼굴로 물
었다.
　원래 의심이라는 건 계속해서 커지는 거다.
　몰랐으면 그냥 미친 새끼들이라고 욕하고 끝냈을 테지만
일단 의심하기 시작하자 발표하는 모습도 다르게 보였다.
　"전형적인 공산주의 확장 방법입니다. 상대방 국가에 혼
란을 야기한 후에 자신들의 체제의 우월성을 만방에 자랑하
는 거지요."
　"그 말은, 지금 벌어지고 있는 일이 지난번의 그 일과 관
련이 있어 보인다는 뜻인가?"
　"추적 중입니다. 하지만 한 가지는 확실합니다. 모든 자금

이 추적 불가능하다는 겁니다."

"뭐? 그게 사실이야?"

"네."

"다른 곳도 아닌 CIA가?"

"네. 모든 자금이 코스타리카에 들어가고 나서 추적이 끊어졌습니다."

"허."

CIA의 보고서가 올라온 후, 도널드 올드먼은 당연하게도 해당 사항에 대한 자세한 조사를 요구했다.

그리고 CIA는 자유라는 이름으로 시위를 벌이며 방역을 방해하는 자들을 추적하기 시작했다.

그 결과, 그중 극렬분자들 사이에서 공통적인 부분을 확인할 수 있었다.

그건 바로 어딘지 모를 곳에서 돈이 들어왔다는 것.

국가 입장에서야 그리 큰돈은 아니었지만 개개인에게는 결코 적은 돈이 아니었다.

겉보기로는 시위에 대한 개개인의 지원금이라고 들어오는 모양인데…….

"지원금이 그따위로 들어올 리가 없지."

분명 미국 계좌로 들어오기는 했는데 그 계좌를 추적하고 추적하니까 해외 계좌다. 그것도 코스타리카 계좌.

그마저도 계좌를 개설할 당시에 현금으로 돈을 넣은 거다.

그러니 모든 자금 흐름이 끊어져 버렸다.

"해외에서 들어온, 시위 세력에 대한 지원금이라……. 허, 거참."

너무 뻔하달까?

예상대로 돌아가는 상황에 도널드 올드먼은 기가 찼다.

모든 게 다 CIA의 보고서에 나온 예상대로였다.

다만 도널드 올드먼이 몰랐던 건, 그 코스타리카 계좌가 CIA가 만든 거라는 것과 그 돈 역시 CIA가 보내 준 거라는 것이었다.

해외 자금 추적에 이골이 난 CIA가 추적을 피하기 위해 만들어 놓고 스스로 추적하는데 당연히 추적이 가능할 리가 없다.

애초에 CIA가 노형진이 진짜 미다스라는 걸 알면서도 입을 다물고 있는 이유가 뭔가? 그의 묵인하에 막대한 비자금을 조성하기 위해서다.

그리고 그 돈은 이럴 때 쓰려고 만든 거다.

더군다나 노형진이 빈정거리듯 말했지만, 그들은 곡해뿐만 아니라 조작 역시 아주 잘하는 인간들이었다.

그러니 이건 누가 봐도 누군가가 추적을 막기 위해 해외에서 계좌를 만들고 선동 자금을 보내 주는 걸로 보일 수밖에 없다.

"그 새끼들을 반역 혐의로 체포할 수는 없나?"

"불가능합니다. 애초에 중국과 직접적으로 연관된 것도 아니니, 그들도 자신들이 국가 반역에 동원되고 있다는 건 모를 겁니다."

실제로 그들이 아는 건 미국에서 자신의 사상에 동조하는 어느 후원자의 지원이라는 것뿐이다.

실제로도 그들이 확인할 수 있는 발신자는 미국인이니까.

"그러면 중국을 노릴 수 있는 건 아무것도 없는 건가?"

"이 상황에서 중국을 자극할 수 있는 것은 아무것도 없습니다, 각하."

미국 내의 시위조차 제대로 해결하지 못하는 상황이다 보니, 중국으로부터 반박당할 수도 있어서 이 상황이 의심스럽다고 이의를 제기하기도 어렵다.

실제로 국제 관계는 단순히 의심만으로 뭔가를 할 수는 없다.

하긴, 그걸 아니까 코스타리카의 계좌를 이용해 돈을 보냈을 것이다.

"일단은…… 반중국 정서를 최대한 이용하는 것이 최선입니다. 그런다고 해서 바뀌는 건 없겠지만……."

당장은 그렇다.

하지만 미래를 위해서는 그러한 노력이 절실하다.

"알았네. 그나저나 WHO 저놈들을 어떻게 해야 하는데."

애초에 전 세계 질병 예방을 위한 단체가 방역에는 관심도 없고 오로지 중국을 물고 빨기에만 여념이 없었다.

그 꼴을 보고 있자니 도널드 올드먼은 속에서 열불이 터져 나왔다.

"이종욱 사무총장 같은 사람은 드물지요."

"누구? 한국인 이름 같은데, 한국인 사무총장이 있었나?"

"10년 전 사무총장입니다. 흔하지 않은 청렴한 사람이었습니다. 그 사람이 과로로 죽지만 않았다면, 어쩌면 일이 이 지경이 되지는 않았을지도 모르지요."

한국인이었던 이종욱 사무총장은 WHO 내부에서도 많이 존경받던 사람이었다.

WHO 사무총장급이면 한 나라의 국가 수장급 대우를 받는데 그는 언제나 해외를 이동할 때 이코노미 클래스만을 고집했다.

누군가가 왜 편하게 갈 수 있는데 그 자리를 이용하는 거냐고 묻자 그는 '퍼스트 클래스에 앉아 갈 돈이면 얼마나 많은 백신을 살 수 있는지 아느냐.'라는 말로 대답했다.

당장 지금의 팬데믹 시스템을 만든 게 바로 이종욱 사무총장이었다. 현 사무총장은 그걸 내다 버렸지만.

"안타깝군."

보좌관의 말에 쓰게 웃는 도널드 올드먼.

막장 대통령 소리를 듣고 있지만 그도 대통령으로서의 책임감이 아예 없는 건 아니니까.

"그런데 말입니다, 각하. 마침 각하께 드릴 말씀이 있습니다."

"뭔가?"

"WHO에 대한 후원을 끊고 세계복지재단으로 그 지원을 돌리자는 의견이 상원에서 나오고 있습니다."

"그게 무슨 소리인가?"

"아시겠지만 세계 단체들이 중국의 돈에 흔들린 지 오래되지 않았습니까?"

"그건 그렇지."

물론 모든 나라가 그 시도를 한다. 하지만 중국처럼 노골적으로 눈치도 보지 않고 뇌물 공세를 하는 나라는 없다.

"아시겠지만 WHO에 지원금을 제일 많이 내는 나라는 우리입니다. 그런데 그 돈이 투명하게 집행되지 않는다는 의심이 있습니다."

"흠……."

"그래서 아예 그걸 세계복지재단으로 돌려서 투명하게 집행하자는 의견이 상원에서 나오고 있습니다."

"그러니까 세계복지재단을 국제기구화하자?"

"네."

그 말에 도널드 올드먼은 곰곰이 생각에 빠졌다.

그렇잖아도 WHO의 저런 짓거리를 보고 있자니 속이 뒤틀리는 기분이었다.

사실 원래 역사에서도 미국은 저런 WHO의 행동을 보면서도 손절을 하지 못했다. 대안이 없었기 때문이다.

하지만 이제는 세계복지재단이라는 대안이 있다.

고인 물은 썩기 마련이라지만 대안이 생기면 그때부터는 이야기가 달라진다.

"일단 그 단체에 대해 자세하게 알아보게."

도널드 올드먼의 말에 보좌관은 고개를 끄덕거렸다.

⚖️

"그래서 이야기가 잘되어 가고 있습니까?"

-다수의 상원 의원들이 관심을 보이고 있습니다. 그들도 WHO의 행동에 분노를 느끼고 있으니까요.

"그래요? 그럼 잘 부탁드립니다."

-별말씀을.

노형진은 로비스트와의 대화를 끝내고 시선을 돌렸다.

옆에 있던 하이드 맥핀이 미소를 지었다.

"이야기가 잘되어 가나 보군요."

"생각보다 WHO의 죄가 깊은가 보네요."

"그것도 있지만 미스터 노의 예언이 정확한 거죠."

"제가 아니라 미다스의 예측인 거죠."

노형진은 슬쩍 말을 돌렸다.

하이드 맥핀은 진짜 미다스의 정체를 모르니까.

"하긴, 그렇습니다. 설마 이 상황에서 WHO가 중국에 감사하라고 말할 줄이야."

노형진은 몇 번이나 WHO는 타락했고 방역에 관해 중국에 감사 인사를 하라고 할 거라고 이야기했지만, 대부분의 사람들은 말도 안 되는 소리라고 생각했다.

전 세계를 팬데믹에 밀어 넣은 게 중국인데 그들에게 감사하라니.

하지만 WHO 사무총장은 실제로 감사 인사를 해야 한다고 말했고, 분노와 예언에 대한 놀라움이 겹치면서 차라리 대안으로 세계복지재단을 국제기구화하자는 이야기가 적극적으로 나오고 있었다.

"그런데 한국전쟁이라……. 하긴, 미국에 있어서 한국전쟁은 잊힌 전쟁이라고 하지요."

그들이 있는 곳은 의외로 영화관이었다.

오늘 노형진은 영화관을 통째로 빌렸다.

영화를 보기 위해서가 아니다. 오늘은 노형진이 투자한 새로운 영화의 관련자 시사회가 있는 날이었다.

"그러고 보니 왜 한국전쟁은 잊힌 걸까요?"

"승리하지 못했으니까요."

2차대전과 베트남전이라는 큰 전쟁 사이에 껴 있다는 이유도 있지만, 한국전쟁도 결코 작은 전쟁은 아니었다.

하지만, 그럼에도 불구하고 한국전쟁은 유독 미국에서는 기억하는 이조차 거의 없는 잊힌 전쟁이 되었다.

"그리고 저는 이 전쟁을 전면에 내세울 겁니다."

"이 영화를 통해서요?"

"네, 이 영화를 통해서요."

노형진은 영화관 앞에 붙어 있는 제목을 바라보면서 말했다.

'이건 모르겠지.'

요 근래 중국은 항미 원조라는 식으로 미국에 대한 적대감을 키우면서 자신들이 한국을 미국의 손아귀에서 해방시켜 줬는데 왜 감사하지 않느냐고 따지고 있다.

심지어 대한민국의 수도 서울에 그 당시 참전자들을 끌고 와서 '여러분의 항미 원조가 한국을 이렇게 발전시켰습니다.'라는 황당한 광고를 찍기도 했다.

사실 한국이나 미국 입장에서는 기가 찰 노릇이다. 그들이 도운 건 한국이 아니라 북한이니까.

그런데 이제 와서 항미 원조에 감사하고 돈을 내놓으라니.

"그러니까 그걸 제대로 알려야 합니다."

지랄 같은 항미 원조 이야기의 정당성을 깨기 위해 노형진은 여러 문화적 상품을 만들고 있었다.

실제로 미국에서 한국전쟁은 잊힌 전쟁이라고 불리지만, 회귀 전과 비교하면 그래도 조금은 더 알려진 수준이다.

이것이 법이다

"이 영화도 그런 영화입니까?"

"네, 그런 영화죠. 역사의 진실을 알려 줄."

영화 제목은 〈마지막 전투〉.

실제 역사에서 금성 전투로 알려진 전투를 기반으로 만들어진 영화다.

금성 전투는 실제로 한국전쟁에서 마지막 전투로 불려도 될 전투다.

물론 이후에도 소소한 공세가 없었던 것은 아니지만 막대한 대공세가 이루어진 전투이고, 결국 대한민국이 점령해서 유지하고 있던 땅의 일부를 빼앗긴 전투니까.

'그리고 어마어마한 숫자의 포로가 발생한 전투지.'

하지만 이제 그 진실을 아는 사람은 거의 없다.

"그런데 왜 하필이면 금성 전투입니까? 승리한 전투도 많은데."

하이드 맥핀은 고개를 갸웃했다.

그는 투자 계약을 하면서 당연히 대략적인 내용을 들었다. 그리고 호기심에 찾아보기도 했다.

그런데 기록을 보면 금성 전투는 패배한 전투다.

노형진은 왜 하필이면 패배한 전투를 영화화하는 걸까?

"아, 보면 알 겁니다."

노형진은 씩 웃으며 말했다.

"보고 나서 말씀하세요."

"하지만 이게 팔릴지……."

'승리한 전투도 아닌 패배한 전투를 과연 사람들이 볼까?' 라는 의문점.

"볼 겁니다."

"네? 어째서요?"

"이건 영화관이 아니라 네트웍플러스에 갈 테니까요."

"그게 무슨 말씀이십니까? 왜요?"

"코델09 때문입니다. 아마 조만간 영화관 등에 대한 폐쇄가 결정될 겁니다."

그리고 사람들은 코델09 감염에 대한 두려움 때문에라도 영화관에 가지 않을 것이다.

실제로 코델09가 퍼지자 영화계의 몰락이 시작되었다. 그로 인해 제작된 영화는 인터넷 방송국으로 넘어갔고 말이다.

"그리고 아시겠지만 네트웍플러스는 말입니다, 정액제입니다."

돈을 내면 그 안에 있는 모든 게 공짜다.

딱 한 편을 골라서 돈을 내고 봐야 한다면 당연히 사람들은 패배한 전쟁을 소재로 한 영화 같은 건 보고 싶어 하지 않을 거다.

하지만 공짜라면? 영화 스케일이 크다면 한 번은 손이 간다.

더군다나 패배했다고 해서 다 안 보는 것도 아니다.

대표적인 예가 바로 〈덩케르크〉 같은 거다. 영화 자체가 잘 만들어졌다면 승패 여부와 상관없이 본다.

"미스터 노!"

"오, 미스터 제퍼슨!"

노형진은 자신에게 알은척하는 제퍼슨을 보고 손을 번쩍 들었다.

그는 미국에서 알아주는 배우였다. 하지만 중국계 자본에 찍힌 후에 중국의 압력으로 인해 어떤 영화에도 출연하지 못하고 있었다.

그런 그를 불러온 것이 바로 노형진으로, 〈마지막 전투〉는 그를 비롯해서 중국의 압력으로 인해 더 이상 영화계에서 활동 못 하던 톱스타들이 여럿 출연했다.

"늦으셨네요. 기대됩니다, 몇 년 만의 작품인지."

"하하하, 저도 기대가 됩니다."

실제로 기대가 된다. 물론 미국 팬층도 기대될 거다.

'아마 생각보다 많이 팔릴걸.'

당연한 게, 이들이 중국에 찍혀서 미국 영화에 출연하지 못한 지 오래되었지만 그렇다고 해서 팬층이 이들을 잊은 건 아니다.

다만 자세한 사정을 모르는 채로 이들이 돌아오기만을 기다리고 있었을 뿐.

당장 제퍼슨만 하더라도 무려 5년 만의 영화 출연이다.

제퍼슨이 캐스팅될 때마다 중국에서 지랄 발광을 해서 무산시켰기 때문이다.

하지만 이미 모종의 사건으로 중국에 손절당한 하이션 영화사는 그런 항의에 가운뎃손가락을 세우는 걸로 답변하고 노형진이 원하는 대로 캐스팅을 했다.

그 덕분에 이 영화에 미국의 톱스타만 무려 다섯 명이 출연한다. 한 명 한 명이 다른 영화에서는 주연급이었으나 중국의 압력에 자리가 없었던 사람들이었다.

그런 사람이 짧게는 3년, 길게는 6년 만에 출연하니 영화 팬들이 안 볼 리가.

"아마 반응이 재미있을 겁니다, 후후후."

노형진은 씩 웃으며 말했다.

"들어가시죠."

⚖️

시사회가 끝나고 하이드 맥핀은 눈을 찡그렸다.

패배한 전투라는 건 알고 있었다. 하지만 전쟁을 보자 그 당시에 얼마나 중국이 미친 짓을 했는지 알 것 같았다.

물론 전쟁터에서 정상적인 짓이 얼마나 되겠느냐마는, 금성 전투는 진짜 최악이었다.

"아니, 패배한 전투라는 건 알고 있었습니다만⋯⋯."

"중공군의 인해전술이 얼마나 무서운지 보여 주는 거죠."

분명 사상자 숫자를 보면 연합군 쪽이 압도적으로 유리하다. 하지만 너무 많은 중공군 때문에 결국 땅을 빼앗긴 거다.

"그런데 거기에서 진짜로 4천 명이 넘는 포로가 못 돌아왔습니까?"

"네."

"아니, 미친. 그 참수 파티가 진짜로 있었던 일이라고요?"

금성 전투의 끝 무렵, 최후의 땅을 빼앗는 데 성공한 중국군은 포로들을 학살하고 연합군 병사들의 시체를 모독하고 불태우며 환호하고, 살아남은 병사들은 휴전 소식에 절망하면서 영화는 끝난다.

확실히 패배한 전투니까 잘못된 건 아니다.

"네. 그 당시의 중국은 포로들을 돌려보내지 않았습니다."

그 당시에 휴전하면서 포로 협정 이후에 발생한 포로라는 이유로 그들은 포로들을 넘겨주지 않았다.

그건 즉, 그들은 국군 포로로서 처형당했든가 아니면 강제 노역소로 끌려갔을 거라는 뜻이다.

"참수 파티는 살짝 영화적 상상 같은 거죠."

"그래도 그렇지……. 미군이 그 정도 숫자의 병력을 빼앗기고도 가만히 있었다니……."

"역시 오해하시네요. 사실 그 전투에 미군은 거의 없었습니다."

"네? 그게 무슨……?"

"애초에 금성 전투는 연합군의 전투가 맞습니다."

하지만 연합군이라는 것은 어디까지나 소속 이야기지 병력 이야기가 아니다.

그 당시에 전투에 투입된 것은 대부분 한국군이고, 미군은 극소수만 참전했을 뿐이다.

"미국이 아무리 생각이 없어도 아군 포로가 4천 명이 넘는데 적이 안 돌려보낸다고 버틴다? 그랬다가는 베이징에 핵폭탄이 떨어졌을 겁니다."

"하지만 분명히 연합군 포로가 4천 명이 넘는다고……."

"한국군도 연합군 소속입니다. 이게 약간 영화적 속임수죠."

영화는 전반적으로 미군의 시선으로 묘사된다.

물론 병사들은 고증에 맞게 한국군 위주로 구성되었지만 주연은 미국인들이다.

그걸 본 사람들은 뭐라고 생각할까?

아마도 자신도 모르게 대부분의 포로는 미군이라고 생각하게 될 거다.

그리고 최후의 순간에 벌어지는 참수 파티에도 미군이 등장한다.

"그걸 볼 때 어떤 기분이 드시던가요?"

"화가 나더군요."

화가 날 거다. 미국인이 그렇게 무참하게 학살당하는 꼴을 봤으니까.

더군다나 휴전협정 중에 단순히 더 죽이고 싶다는 열망 하나로 몰려든 중국군이다.

실제로 금성 전투는 땅이라는 목적보다는 휴전협정에서 더 유리한 자리를 차지하기 위해 한 명이라도 더 죽이려고 이루어진 총공세였다.

"분노라……. 그게 제가 노리는 겁니다. 중국에 적대적인 감정을 가지게 되는 것을 노린 거죠."

"반중국 정서를 일으키실 생각인 겁니까?"

"네."

그 말에 하이드 맥핀은 고개를 갸웃했다.

물론 〈마지막 전투〉는 잘 만든 영화이기는 하다, 그도 착각할 만큼.

노형진은 참수 파티는 없었다고 했지만, 실제로 그랬는지는 알 수 없다.

애초에 그 전투의 포로가 단 한 명도 돌아오지 못했기에 안 했다는 증거도 없으니까.

"재미있는 거 하나 보여 드릴까요?"

"뭔데요?"

"이거 한번 보세요. 차에서 보시면 재미있을 겁니다."

노형진은 마치 준비했다는 듯 봉투를 꺼내서 하이드 맥핀에게 건넸다.

하이드 맥핀은 그걸 받아 읽기 시작했다. 어차피 운전은 운전기사가 하니까.

열중해서 읽던 그는 말도 안 된다는 얼굴로 노형진을 돌아보았다.

"이게 뭡니까? 금성 전투? 똑같은 영화잖아요? 그런데 왜……?"

"그걸 끝까지 한번 보세요."

그 말에 계속 서류를 읽던 하이드 맥핀의 얼굴이 묘하게 변했다. 그리고 기가 막힌다는 듯 말했다.

"미친! 뭔 개소립니까, 이거? 아니, 도대체 어느 영화사가 이딴 식으로 영화를 만듭니까? 아무리 중국 자본을 빨아먹는다고 해도 그렇지."

"미국 영화사가 아닙니다. 이건 중국 영화입니다."

"중국 영화요?"

"네. 아직은 대략적인 시나리오만 나온 거지만요."

금성 전투라는 동일한 전투를 중국의 시선에서 묘사한 전투다.

제목은 〈희생〉.

영웅들의 희생으로 영웅적인 승리를 한다는 이야기.

문제는 중국군의 그러한 용감한 분투로 연합군의 병력 5만 명을 죽였다는 내용이라는 점이다.

"애초에 해당 전투에 투입된 인원이 5만이 안 될 텐데요?"

"중국이니까요."

"아니, 이 새끼들 미친 거 아닙니까?"

"어차피 중국은 국뽕 영화 아니면 상영 불가입니다."

그리고 금성 전투를 다룬 이 〈희생〉 역시 그런 국뽕 영화다.

"그런데 이게 제작되어서 나온다면 어떨까요?"

"그런다면…… 아하, 그렇겠네요. 미국 시민들은 더 화가 나겠군요."

"전쟁이 아닌 전투에 대해 상반된 입장의 영화가 나온 적은 없습니다."

물론 전쟁이야 상반된 입장이다 보니까 다른 입장의 영화가 나올 수도 있다.

하지만 대부분의 경우 승패가 나기 때문에, 패배한 국가에서는 그걸로 영화를 만들지는 않는다.

"아시겠지만 패배한 전쟁을 미화하는 나라는 일본 정도뿐입니다."

그들은 가미카제를 미화하면서 구국의 영웅으로 포장하니까.

"한국전쟁 같은 경우는 승자가 없지만요."

물론 중국은 자기들이 승리했다고 우기고 있지만 말이다.

"그런데 만약 같은 전쟁의 같은 전투를 두고 우리가 먼저 영화를 만들고 상영한 다음 중국에서 정반대의 영화를 만든다면 어떻게 될까요?"

"관객들은 어이가 없겠네요."

"네. 더군다나 지금 중국은 한국에, 항미 원조에 감사하라고 압력을 행사하고 있는 중입니다."

그런데 이딴 영화가 나온다? 아마 전 세계에서 다 병신 취급을 할 거다.

"그리고 동일한 사실을 기반으로 한 두 가지의 영화가 나오면 말입니다, 결국 진실을 캘 수밖에 없습니다."

노형진이 만든 영화는 약간 착각을 유도하기는 하지만 거짓말은 하지 않았다.

미군이 출연하기는 하지만 대부분의 포로가 한국군이었던 것도 사실이고.

참수 파티? 그건 알 수 없는 상상의 영역이다. 누구도 돌아오지 못했으니까.

그에 반해 중국 영화?

애초에 중국의 영화는 사실이 아니라 공산당의 주장에 기반하고 있다.

"두 집단이 진실을 가지고 싸우면 어떻게 될까요?"

"허."

결국 중국이 원하는 대로는 되지 않을 거다.

노형진은 그걸 노리고 이 영화를 만든 거다. 그렇게 된다면 세계적으로 반중 감정은 고조될 테니까.

"그러니까 미국 내에서 반중 감정을 고조시키겠다는 건데…… 솔직히 말하자면 그렇게 심해지지는 않을 것 같습니다만."

하이드 맥핀은 고개를 갸웃하면서 말했다.

"물론 영화가 화가 나는 결말이기는 합니다. 하지만 그렇다고 해서 그걸로 현재 감정이 큰 영향을 받을까요? 영화는 영화일 뿐이지 않습니까?"

2차대전 영화에서 독일군의 학살에 대해 많이 나오지만 그렇다고 해서 지금 독일에 대해 적대적 감정을 가지는 사람은 없다.

금성 전투와 관련된 영화도 마찬가지다.

한국이나 일본은 중국에 좋지 않은 감정을 가지고 있으니 가능하겠지만 미국의 국민들은 그렇지 않으니까.

"그냥 영화는 영화라고 받아들일 텐데요?"

"하하하하."

그 말에 노형진이 웃었다.

"과연 그럴까요?"

"네?"

"만일 전쟁이 지금도 계속되고 있다면? 그러면 국민들은 무슨 생각을 할까요?"

"전쟁 중이라고요? 물론 바이러스가 중국에서 넘어온 것은 사실입니다만……."

그걸 사람들이 중국과 전쟁 중이라고 생각할까?

"조만간 아시게 될 겁니다."

노형진은 그냥 씩 웃고 말았다.

⚖

미국이 중국의 테러가 아닐까 하는 의심을 하고 그들을 추적하고 있을 때 작은 사건 하나가 SNS에서 일어났다.

–미국인을 하나라도 더 죽이는 게 좋잖아. 안 그래? 미국은 우리의 천년의 원수야. 이번 기회에 병으로 미국인을 싹 죽여야 한다고. 그리고 이건 그 방법이지. 봐 봐.

SNS에 술에 취해서 영상을 올린 사람은 적외선 체온계로 자신의 다른 손을 찍었다.

–보여? 36.2도. 그런데 말이야, 이거 보라고.

다시 허공을 찍자 화면에 찍히는 36.4도.

다시 찍어도 36.1도가 뜬다.

–크크크, 봐 봐. 이게 미국으로 수출되고 있다고. 이게 수출되면 어쩔 것 같아? 자기들은 멀쩡하다고 생각하고 돌아다니겠지. 당연히 미국 새끼들은 다 코델09로 뒈질 거라고. 하하하, 어때! 완벽한 작전이지? 이참에 미국 새끼들 다 뒈졌으면 좋겠네. 중국 공산당 만세! 만세! 만만세!

술에 취해서 해롱대면서 가짜 중국산 체온계를 자랑하는 중국인 남자의 영상.

그 영상은 원래는 그냥 미친놈의 헛짓거리로 끝났다. '원래 역사에서는' 말이다.

하지만.

"이게 사실인가?"

"네, 확인했습니다. 해당 제품은 현재 미국에 유통 중이고 현재까지 20만 개가 수입되었습니다. 그리고 병원이나 카페 등 각지에서 사용되고 있습니다."

"이런 개…… 같은……."

눈앞에 적외선 체온계를 들어서 허공을 찍는 도널드 올드먼.

그러자 36.3도라는 문구가 액정에 떴다.

에어컨이 빵빵하게 돌아가는 실내가 36.3도라니.

즉, 이 체온계는 설정된 숫자를 랜덤하게 보여 주는 것뿐이었다.

"어떻게 생각하나?"

"우연은 아닌 것 같습니다, 각하. CIA의 보고서에 나와 있지 않습니까? 생화학전의 다음 단계는 방역의 방해입니다."

"으음……."

"그리고 이건 다른 보고서입니다."

방역 자문 위원은 미리 준비한 보고서를 도널드 올드먼에게 건넸다.

"이게 뭐요?"

"중국에서 수입한 마스크에 대한 보고서입니다."

"중국에서 수입한 마스크 보고서?"

"네."

"중국에서 마스크를 수입한단 말이오?"

이해가 되지 않는다는 듯 묻는 도널드 올드먼.

그도 그럴 게, 중국에 있는 마스크 공장이 화재로 모두 소실되었다는 정보 정도는 이미 알고 있었기 때문이다.

"그게 문제입니다. 일단 이 증거품을 보시죠."

미리 확보한 마스크를 건네주는 자문 위원.

그걸 받아 본 도널드 올드먼은 고개를 갸웃했다.

"이해가 안 가는데. 이건 한국 건데?"

전 세계에서 거의 유일하게 마스크를 수출하는 나라, 한국.

물론 그것만으로 충분하진 않다.

이것이 법이다

한국은 마스크 공장에 군 병력까지 동원해서 스물네 시간 풀로 가동시키고 있어서 수출이 가능한 거고, 그나마도 재고가 부족해서 수출하는 것은 각 나라의 긴급 지원용에 한하고 있다.

실제로 시중에 한국 마스크가 풀릴 수는 없다.

애초에 수출되는 마스크는 병원 등 방역용으로만 사용되어야 한다는 조건이 붙어 있는 데다가 지금은 수입의 협상을 각 나라가 나서서 하지 민간인이 하지 않으니까.

"시중에 돌 만큼 한국 마스크가 넘쳐 났나?"

"이건 한국 마스크가 아닙니다. 한국 마스크는 시중에 돌 분량이 안 됩니다."

"그러면? 이건 대체 뭐야?"

아무리 봐도 한국 마스크 같은데.

"한국 마스크처럼 생긴 중국산 마스크입니다. 애초에 여기 있는 말은 그냥 대충 한글로 아무렇게나 써 둔 거랍니다. 어차피 대부분의 사람들은 한국어를 모르니까요."

"뭐?"

실제로 그랬다.

분명 한국산이라고 적혀 있는 마스크에는 맑은 공기라는 말 대신에 '말간 공기'라는 이상한 글자가 쓰여 있었다.

그것뿐만 아니라 다른 글자들도, 한글과 비슷하지만 말이 전혀 안 되는 단어의 나열일 뿐이었다.

"중국에서 마스크를 수출한다고? 한국 거라고 속이고? 왜? 아니, 애초에 그게 가능하긴 해?"

중국도 마스크가 부족해서 난리라는 정보는 이미 얻은 상황이다.

중국에서야 자기들은 철저하게 관리하고 있다고 말하지만 그건 어디까지나 중국 공산당의 주장일 뿐이다.

그리고 그런 중국 공산당의 주장은 일반 대중에게는 먹힐지언정 미국을 속이기는 힘들다.

다만 그걸 공개하는 경우 대놓고 싸우자는 소리밖에 되지 않기 때문에 미국에서 발표하지 않는 것일 뿐이다.

"그게 문제입니다. 이 마스크들은 방역 효과가 전혀 없습니다."

"그게 무슨 소리야?"

"마스크의 핵심은 필터입니다."

마스크 공장에서 외부 형태를 만드는 거? 어렵지 않다.

애초에 그건 일반 천으로 만드는 거니까 충분히 가능하다.

마스크가 마스크로써 제 효과를 발휘하기 위해서는 내부에 필터가 있어야 한다.

그러나 노형진이 이미 필터 공장을 선점하고 장비를 만들 수 있는 곳에 몇 년 치 장비를 모두 예약해 둔 상황이기에 중국은 필터를 구할 수가 없다.

"그런데 이 마스크들은 모두 필터가 없습니다. 모양만 그럴듯한 가짜 마스크입니다."

"가짜 마스크?"

"네."

그 말에 도널드 올드먼의 얼굴이 굳어졌다.

지금 마스크의 가격은 한 장당 100달러, 그러니까 10만 원이 넘는다. 그런데 가짜 마스크라면?

"우연치고는 이상하군."

"우연일 수가 없지요."

시위자들에게 들어가는 정체 모를 돈, 온도를 잴 수 없는 가짜 적외선 체온계 그리고 가짜 마스크까지.

"각하, 중국은 지금 코델09로 고통받고 있고 방역용품이 부족해서 난리입니다. 하다못해 비누도 부족한 게 지금 중국의 실상입니다."

"그런데?"

"그런데 이런 물품에 대한 수출 허가가 어떻게 났겠습니까?"

"……!"

중국은 철저한 통제 사회다. 당의 허가가 없으면 수출은 절대로 불가능하다.

하물며 지금 같은 상황에서 방역 관련 물품에 대한 허가가 나왔다? 중국에서도 부족해서 난리인데?

더군다나 중국은 얼마 전 마스크 공장을 국유화하는 등 생쇼를 다 했다. 그런 상황에서 마스크와 적외선 체온계 수출을 허가한다?

"우연일 수가 없습니다, 각하."

수출을 허가했다는 것 자체가 이 물품들이 가짜라는 걸 알고 있다는 소리다.

"더군다나 이 포장은 미국에서 한 게 아닙니다, 중국에서 한 거지."

한국산 마스크처럼 짝퉁을 만들어서 수출하는데 중국의 세관이 모를 리가 없다.

물론 중국의 세관이야 돈만 쥐여 주면 뭐든 할 수 있지만 미국인의 상식으로는 말이 안 된다.

"그 말은……?"

"현실적으로 봤을 때 CIA의 보고서가 맞을 가능성이 높습니다. 지금 중국은 바이러스를 퍼트려서 미국을 전복하고 공산주의 사상을 퍼트리고 싶어 하는 겁니다."

"전 세계가 코델09로 고통받고 있는데?"

"각하, 언제 중국이 사람의 목숨에 가치를 둔 적이 있습니까?"

확실히 중국은 인간의 목숨에 가치가 없다고 판단한다. 그런 그들이라면 분명 그런 선택을 하고도 남는다.

"미쳤군."

너무나 확실한 증거가 나오자 도널드 올드먼은 기가 막혀서 말을 잇지 못했다.

"지금 우리와 전쟁이라도 하자는 건가?"

"불리한 건 우리입니다. 병력이 모이면 코델09가 퍼질 겁니다."

"……."

미국은 전쟁할 때 인명 손실이 발생하는 걸 끔찍이도 싫어한다.

한 명의 병사를 잃느니 차라리 3만 달러짜리 미사일을 쏴버리는 걸 더 선호한다.

"그에 비해 중국은 다릅니다."

1만 달러를 아끼기 위해 한 백 명쯤 죽어도 눈도 깜짝 안한다. 그들은 사람이 넘치니까.

당장 남자 1억 명이 죽어야 남녀 성비가 맞는 나라가 중국이다.

"전쟁을 위해 모이는 순간 우리가 심각하게 불리해집니다, 각하."

"허."

도널드 올드먼은 너무 어이가 없어서 뭐라고 할지 생각도 안 났다.

물론 이 모든 것은 의심스러운 정황일 뿐이다. 중국이 개입했다는 증거는 전혀 없다.

그렇지만 그런 정황만 가지고도 확신을 가지기에는 충분

했다.

"CIA의 보고서대로, 중국은 우리나라에 지금 생화학 테러 중인 겁니다."

질병을 퍼트리고 시위를 선동하고 방역을 방해한다.

그리고 서민들의 생계를 위협하고 자신들의 사상의 우월 성을 강조하는 행동을 계속하고 있다.

"후우…… 진짜로 전쟁을 벌일 수도 없고……."

마음 같아서는 중국의 주요 도시에 핵을 처박아 버리고 싶지 만 지금 같은 상황에서 중국과 전면전을 하는 건 불가능하다.

"일단은 방역을 막는 행위를 차단해야 한다고 생각합니다."

"어떻게?"

"CIA의 보고서를 일부 유출하는 게 좋을 거라고 생각합니다."

"CIA의 보고서를 유출한다?"

"네. 그 후에는 이 범죄 사실을 공개하는 겁니다."

중국에서 수입된 물건들이 가짜라는 증거는 넘쳐 난다.

"대부분의 국민들은 우리와 같은 결론에 도달할 겁니다."

"확실히 그러면 불만을 외부로 돌릴 수도 있겠군."

불만을 외부로 돌리는 전략은 중국이나 일본만 쓰는 게 아 니다. 미국도 그런 방식을 선호한다.

그렇잖아도 도널드 올드먼을 막장 대통령이라고 욕하는 사람들이 늘어나고 있다. 심지어 탄핵까지 거론되고 있는 상황.

그런 상황에서 물어뜯을 대상을 준다면, 자신에게 가해지는 압력은 약해질 가능성이 크다.

"어느 수위까지 공개해야 할까?"

"그게 문제가 아닙니다. 공개 이후에 우리가 반격하거나 끌고 갈 힘이 없다면 아마 중국은 부정하고 버티는 걸로 끝낼 겁니다."

"그러겠지. 중국은 언제나 그런 식이니까."

진실? 화해? 그런 건 신경도 쓰지 않는 게 중국이다.

미국의 수많은 중국 스파이 집단이 박멸되었고 수많은 스파이들이 잡혔지만, 그들은 모르는 사람들이며 미국에서 조작했고 중국인이 아니라고 주장한 게 중국이다.

물론 모든 나라가 다 그런 식으로 스파이를 운영한다.

다만 다른 점이 있다면, 다른 나라들은 겉으로는 그럴지언정 내부적으로는 물밑 접촉을 통해 사건을 해결하려고 한다는 거다.

실제로 한국도 미국에 스파이를 운영하고, 미국도 한국에 스파이를 운영한다. 그러다 걸리면 서로 무언의 딜을 통해 끝낸다.

하지만 중국은 그런 게 아니라 그냥 무조건 모른다고, 배째라는 식으로 나온다.

실제로 미국이 중국의 배를 째기에는 부담이 크다는 걸 알기 때문에 그러는 거다.

"아마 이번 일이 공개되어도 전혀 모르는 일이라는 식으로 버티면서 우리의 말을 무시할 겁니다."

"흠, 그러기는 하겠지. 그러면 시간만 질질 끌 텐데…….'

중국을 공격할 핑계를 만들고 싶은 도널드 올드먼에게는 그다지 반가운 소리는 아니었다.

"더군다나 친중파가 어디 한두 명이야?"

로비가 합법인 미국에서, 과연 중국이 미국의 정치인들에게 로비를 하지 않을까?

실제로 미국의 수많은 정치인들이 중국에 붙어 있다.

"사건이 공개되면 잠깐은 조용하겠지만 시간이 지나면 또 중국에 붙어서 중국의 억울함을 주장하겠지."

"문제는 그걸 막아야 한다는 거죠."

그들이 절대 그딴 소리를 하지 못하게 하기 위해서는 어떻게든 이 싸움을 이끌고 갈 동력을 얻어야 한다.

"하지만 중국은 시간이 지나서 모든 게 흐지부지되기를 원할 테고…….'

미국 입장에서는 마땅한 방법도 없다.

"확실히 곤란하지요. 그런데 말입니다, 각하. 미다스가 CIA를 통해 상당히 재미있는 방법을 제안해 왔습니다."

"재미있는 방법?"

"네. 이 방법대로라면 친중 세력을 몰아낼 수 있는 동력이 나올 듯합니다."

"그래? 그런데 그걸 왜 나한테 보고하지 않았지?"

"기밀이기 때문입니다."

즉, 사람들이 보지 않는 상황에서 공개해야 한다는 거다.

그 말에 도널드 올드먼의 얼굴이 환해졌다. 그게 만일 얼토당토않은 말이었다면 기밀로 취급할 리가 없으니까.

기밀로 한다는 것은, 충분히 가능한 방법이니 그게 새어나가서 중국이 대응책을 세우지 못하게 막아야 한다는 거다.

"어디 한번 보세."

도널드 올드먼이 고개를 끄덕거리자 안보 자문관은 옆에 있던 가방을 열고 뭔가를 꺼내서 건넸다.

그걸 받아서 읽은 도널드 올드먼의 얼굴에 미소가 떠올랐다.

"이번에는 중국 놈들이 꼼짝도 못 하겠군, 후후후."

얼마 후 미국의 모 방송국에 익명의 제보가 들어왔다.

물론 익명의 제보라는 건 자주 들어온다.

하지만 대부분의 제보는 가치가 없다. 사적인 보복을 목적으로 하거나 증거조차 없는 제보가 대부분이니까.

하지만 CIA 보고서라고 하면 이야기가 달라진다.

"이거 사실일까?"

미국 최대의 뉴스 채널 에이스뉴스의 데스크는 보고서를 보면서 고민에 빠졌다.

그럴 만도 한 게, 내용 자체가 심각하다 못해 미국과 중국의 전쟁을 야기할 만큼 치명적인 것이었기 때문이다.

"모르지요. 하지만 가능성은 있습니다. 일단 서류에 CIA

의 인장이 찍혀 있지 않습니까?"

사본이기는 하지만 분명 CIA의 인장이 찍혀 있는 서류다.

그리고 CIA는 온갖 비밀을 다 쥐고 있는 집단이다.

"음…… 이런 게 익명으로 들어온다라……."

"내부에서 고발하는 게 아니라면……."

종종 내부 고발자들이 서류들을 보내오기도 한다.

하지만 그건 어디까지나 내부의 비리에 관련된 이야기다.

그런데 이건 평범한 내부 비리와 관련된 게 아니다. 이건 CIA에서 확보한 중국의 테러 가능성에 대한 이야기다.

"현실적으로 말씀드리면 이게 내부 고발일 가능성은 높지 않습니다."

"그러면 CIA가 우리를 이용한다고 생각하는 건가?"

"네."

내부 고발이라는 건 조직 내부의 범죄를 알리는 성향이 크다. 그런데 이 자료는 그런 성향이 아니다.

미국과 중국의 정보 같은 걸 외부로 유출하는 요원은 없다.

개인적으로 이득이 있다면 모르겠지만, 이건 익명의 '제보'다.

"흠, 그렇다면…… 대놓고 적대하는 건 무리지만 여론전은 해야 한다는 거군."

"그런 의미일 가능성이 아주 큽니다."

확실히 이걸 미 정부에서 발표한다면 전쟁으로 흘러갈 가능성이 아주 높다.

하지만 언론에서부터 공개하기 시작하면 전쟁이 아닌, 일종의 자존심 싸움 같은 걸 할 수 있게 된다.

"어떻게 하시겠습니까?"

"뭘 어떻게 해? 이 정도면 버릴 수 있는 게 아니잖아? 더군다나 정말로 이 보고서대로 이야기가 진행되는 것 같은데."

바이러스가 퍼진 후에 자연스럽게 방역이 실패하고 있다. 정체 모를 돈이 들어오고, 가짜 방역용품이 수입되어서 판매되고 있다.

"이건 보도하지 않을 수가 없어. 애초에 우리가 안 한다고 해도 다른 언론에서 가만히 있을 리도 없고."

만일 중국에서 미국을 대상으로 이런 짓거리를 한다면 당연히 막아야 한다.

더군다나 자신들이 진위가 의심스러워 이걸 이슈화하지 않는다고 해도 결국은 이슈가 될 수밖에 없는 주제다.

"하긴, 그건 맞네요."

만일 CIA가 이걸 이슈화하고 싶었다면 극좌 성향인 자신들에게만 보내지는 않았을 거다. 이미 극우 성향을 가진 언론사들에도 보냈을 가능성이 크다.

"그리고 극우 성향을 가진 언론사에서 가만히 두고 볼 리가 없겠지."

당연히 이걸 보도하면서 난리를 피울 거다.

"그러면 보도하는 걸로 하겠습니다."

"그래. 어차피 증거도 다 같이 왔으니까 바로 움직여. 검증은 안 거쳐도 될 것 같네."

온갖 계좌부터 시위자들에게 공급된 돈까지, 증거가 확실했기 때문에 검증 절차는 필요가 없었다.

⚖️

−중국의 소행으로 보이는 미국에 대한 테러 행위는⋯⋯.

−중국에서 수출한 방역용품에 대한 대대적인 조사가⋯⋯.

−조사 결과, 중국에서 수입된 방역용품 거의 대부분이 불량품으로 사실상 방역 효과는 없으며⋯⋯.

−중국에서 수입된 적외선 타입의 체온계를 조사한 결과, 해당 장비는 촬영한 영상을 중국에 있는 서버로 전송하는 기능이 추가로 발견되어⋯⋯.

−중국산 손 소독제에는 알코올 성분이 전혀 없다는 사실이⋯⋯.

언론에서 중국의 생화학 테러 가능성에 대해 언급한 보고서를 내보낸 후, 연이어 다른 뉴스들이 터져 나왔다.

주로 중국에서 수입된 방역용품들이 모두 가짜고 효과가 전혀 없다는 사실이었다.

그걸 본 샹량핑은 정신이 아득해졌다.

"이런 미친 새끼들."

샹량핑은 중국의 강함을 믿고 있었다.

중국이야말로 미국을 꺾고 세계 제1의 나라가 될 거라 믿었다.

하지만 그건 어디까지나 자신의 영도 아래에서 그리되어야 한다고 생각했다.

그래서 적극적으로 미국을 공격했다.

그러나 그는 요즘 들어 미국이 생각만큼 약하지 않다는 걸 느끼고 있었다.

자신의 말을 안 들으면 경제제재를 가하거나 온갖 불이익을 주는 식으로 적을 만들다 보니 주변에 북한과 러시아를 제외하고는 거의 아군이 없는 상황이 되어 버렸는데, 그 상황에서 코델09가 엄청나게 중국의 힘을 빼고 있었다.

외부에 발표는 하지 않았지만 중국의 군 내부에서도 코델09가 발병해서 얼마나 많은 피해가 발생했던가.

물론 공산당 특유의 힘과 억압으로 인민을 갈아 넣어서 버티고 있는 상황이지만, 미국에서 야금야금 힘을 빼앗기 위해 취한 방법들이 생각보다 중국에 타격을 주고 있었다.

그래서 가능하면 미국과 적대 관계를 줄이고 자신의 독재 체제를 더더욱 완성시키고 싶었다.

만일 여기서 자신의 세력이 약해져서 쫓겨나면 곱게 죽기는 글렀다는 걸 알았기 때문이다.

그런데 갑자기 생각지도 못한 일이 터졌다.

미국의 테러 의심.

물론 테러라는 게 뭔가를 이용해서 공격한다는 의미이기는 하다.

하지만 그 방식이 폭탄 같은 무기를 쓰거나 새로운 질병을 퍼트리는 것만을 뜻하지는 않는다.

지금 미국이 주장하는 것처럼 기존 질병을 어떻게 해서든 퍼트리려고 하는 것 역시 생화학 테러에 들어간다.

"마스크 수출? 이 미친놈들아, 이 와중에 미국에 마스크를 수출해? 이 새끼들이 정말……."

얼마 전에도 중국의 공산당 고위 간부들이 10억 장이나 되는 마스크를 돈을 벌기 위해 감춰 뒀다가 우수수 모가지가 날아갔다.

그런데 가짜 마스크와 가짜 방역 장비를 수출하다니.

"그게……."

새로이 올라온 공산당원들은 뭐라고 할 수가 없었다.

전임 인민 위원들을 대신해서 올라왔지만 아는 게 없었으니까.

전임 인민 위원들이 돈을 받아 처먹고 한 짓거리를 그들이 알 리가 없지 않은가?

'그리고…… 솔직히…….'

이 상황에서 따져야 하는 것은 마스크의 무단 수출이 아니라 어째서 미국이 중국에 테러라는 혐의를 뒤집어씌우는지에 대한 것이어야 한다.

그런데 어째서인지 샹량핑은 집요하게 중국에서도 부족한 물건을 왜 미국으로 넘겼는지에 대해서만 따지고 있었다.

"샹량핑 동지, 아시겠지만 우리의 조직 장악은 아직 끝나지 않았습니다."

"그래서 이 수출 건에 대해 아는 게 없다?"

"알 수가 없습니다. 애초에 기록에 접근한 적도 없고……."

상식적으로 조직 장악도 끝내지 못했는데 지난 몇 년간 쌓인 어마어마한 수출 기록을 확인하는 건 불가능하다.

"그리고 아시지 않습니까, 이런 건 저희가 달라고 해서 받을 수 있는 것도 아니라는 걸."

완벽하게 조직을 장악한다면 모를까, 그게 아니라면 이걸 공개한다는 것 자체가 자기 목을 조이는 꼴이니 당연하게도 아래에서 공개하지 않는다.

윗선에서만 받아먹었을 리가 없으니까.

"이런 미친."

안 그래도 요 근래 미국의 반중국 정서로 샹량핑은 머리가 아파 왔다.

특히 미국의 새로운 대통령인 도널드 올드먼은 반중국 기질이 너무 강해서 어떻게 해서든 쳐 내기 위해 온갖 수작질을 다 하고 있는 상황이었다.

미국 내부에 도널드 올드먼에 대한 불만을 야기하기 위해 미국의 정치권에 적지 않은 뇌물을 뿌린 상황.

그런데 갑자기 중국이 미국에 생화학 테러를 하고 있다는 의심이 생겨나면서 그 모든 선이 한꺼번에 날아가 버렸다.

평시에 특정 국가를 편들어 주는 것과 전쟁 중인 국가를 편들어 주는 건 전혀 다른 문제이기 때문이다.

"그러면 이제 어쩔 건데? 어?"

"……."

방법이 없다.

미국이 섣불리 중국과 전쟁할 수 없는 것처럼, 중국 역시 미국을 섣불리 도발할 수는 없다.

상식적으로 이미 저쪽에게 선빵 쳤다는 의심을 받고 있는 상황에서 공격적으로 나가면 대놓고 이쪽이 저지른 게 맞다고 인정하는 꼴이다.

그렇잖아도 미국이 다른 나라들과 손잡고 대중국 포위망을 만들기 위해 혈안이 되어 있는 상황에서 그런 멍청한 짓을 할 수는 없다.

그렇다고 그냥 아니라고 부정하자니, 애초에 진짜로 했어도 이런 상황에서는 아니라고 하는 것 말고는 방법이 없는지라 뭘 해도 저쪽은 안 믿을 게 뻔하다.

"그러니까 방법을 찾아내라고!"

샹량핑은 다른 공산당 위원들에게 화를 냈다.

아무리 그가 권력이 강하다고 해도 모든 걸 힘으로 해결할 수는 없다. 특히 지금 같은 상황에서는 말이다.

코델09와 이전 공산당 위원들의 마스크 은닉 사건으로 인해 인민들의 불만이 하늘을 찌르는 상황이다. 여기서 다른 문제까지 터지면 여러모로 곤란해진다.

"……."

그러나 아무런 말도 못 하는 위원들을 보면서 샹량핑은 속으로 유일한 해결책을 생각했다.

'방법은 하나뿐이야. 나에 대한 충성 교육을 강화해야겠어.'

독재자들이 어떻게 해서든 권력을 오래 잡고 싶을 때 가장 먼저 하는 것이 바로 자신의 사상에 대한 강요와 외부와의 단절이다.

지금도 마찬가지.

지금 이 상황에서 살아남는 방법은 그것뿐이다.

'어차피 우리는 중국이야. 외부와의 거래 없이도 생존은 가능해.'

전에도 그랬는데 지금이라고 불가능하겠는가?

중국의 인구가 14억이다.

다른 나라라면 요즘 같은 시대에 내수만으로는 생존이 불가능할 거다.

하지만 중국은 아니다.

중국은 내수만으로 어마어마한 소비가 가능하기에, 외부와의 거래가 없어도 얼마든지 생존이 가능하다.

'결국 방법은 하나뿐인가?'

샹량핑은 자신이 살기 위해서라도 고립주의를 선택해야 한다고 생각했다.

그때였다. 누군가 회의실에 들어왔다.

"지금 들어오지 말라고 했잖아!"

샹량핑의 분노에 찬 목소리에 그는 찔끔했다.

북한에서는 김정은의 눈 밖에 나면 죽는다고 한다. 중국도 마찬가지다.

다만 다른 점은, 북한처럼 바로 끌려가서 총살당하느냐 아니면 재판 흉내라도 내느냐 정도의 차이일 뿐.

"그게…… 미국에서 지금 대사관을 통해 서한을 보내왔습니다."

"서한? 무슨 서한?"

이미 자신들은 아무런 상관도 없다고 이야기한 상황이고 실제로 미국에서 딱히 서한을 보낼 이유도 없다.

물론 물밑 협상이라는 게 있기 때문에 아예 왕래가 없을 수는 없다지만, 지금은 회의 중.

즉, 지금 보내온 서한은 물밑 협상이 아니라 회의 중이라도 해도 알려야 할 만큼 시급한 문제라는 거다.

더군다나 대사관을 통해 보냈다는 것은 기록에 남는 공식적인 서한이라는 뜻이다.

"도대체 뭔데?"

"그게……."

"말하라!"

"이번 미국의 바이러스 테러와 관련된 용의자들을 모두 미국으로 송환해 달라고 합니다."

"뭐?"

그 말이 순간 이해가 가지 않았던 샹량펑은 부하에게 되물을 수밖에 없었다.

"그게 무슨 소리야? 테러 용의자들을 보내 달라니?"

"미국에 가짜 방역용품들을 판 놈들 말입니다."

"……!"

그 말에 샹량펑은 눈을 크게 떴다.

"그놈들을 보내 달라고?"

"네."

즉, 미국 정부는 그들의 행동을 테러로 규정하여 처벌하겠다는 거다.

사실 미국 정부 입장에서는 테러가 맞다.

효과도 없는 방역용품 때문에 얼마나 많은 바이러스가 퍼졌는지 알 수도 없거니와, 특히 미친놈 하나가 술에 취해서 인터넷에 미국 놈들 다 죽으라고 가짜 방역용품을 보냈다는 글을 올렸기 때문이다.

　이건 엄밀하게 말하면 미국의 테러방지법의 영역에 들어 간다.

　당연하게도 미국은 테러방지법으로 처벌하고 싶어 한다.

　문제는 그거다.

　미국 내에서 붙잡혔다면 테러 방지법으로 처벌할 수 있겠지만, 판매자는 미국 국민이 아닌 다른 나라 국민이다. 당연히 미국이 섣불리 처벌할 수는 없다.

　그렇다면 방법은?

　당연히 미국이 중국에 해당 범죄자들을 보내 달라고 요청하는 것이다.

　실제로 그런 경우가 아예 없는 건 아니다.

　미국이 우방이고 제대로 범죄인인도 조약이 체결되어 있는 경우 그게 딱히 이상한 것도 아니고 말이다.

　하지만 그건 두 나라가 정상적인 관계를 맺고 있을 때의 이야기다.

　"이런 빌어먹을."

　물론 두 나라가 서로에게 적성국인 것은 아니다.

　하지만 중국 입장에서 그들은 자기 나라 국민이다.

　그들이 불량품을 수출한 것은 사실이다.

　그러나 그걸 과연 테러라고 볼 수 있을까?

　중국 입장에서는 테러라고 보기 힘들 것이다. 사기 정도면 모를까.

그에 반해 미국이 보기에는 확실하게 테러의 영역에 들어가 있는 행위다.

바로 여기서 문제가 발생한다.

중국은 미국과 경쟁 중이고 심각한 자존심 싸움 중이다. 그런데 여기서 미국이 보내 달라고 한다고 해서 덥석 자국민을 인도하면, 그건 미국에 무릎을 꿇는 꼴밖에 안 된다.

중국과 미국은 범죄인인도 조약을 체결하지 않았기 때문이다.

당연히 공산당 입장에서는 그런 그림을 원하지 않는다.

그들은 인민들에게 강한 모습을 보여 줘야 하고, 미국보다 위대해야 한다.

그런데 미국의 요청에 굴복해서 자국민을 보내 준다?

그럴 수는 없다. 그러면 공산당의 자존심이 완전히 구겨진다.

일단 그 요청에 응하게 되면 절대 감출 수도 없다.

아무리 중국에서 인터넷을 차단하고 있다지만 VPN을 통해 외부의 인터넷을 보는 놈들은 넘쳐 난다.

당연히 해당 소식이 중국 내부에 안 퍼질 수가 없다.

넘어가는 순간 미국 언론에서 신나게 떠들기 시작할 게 뻔하니까.

그리고 그 순간 공산당과 샹량핑의 위엄은 시궁창으로 처박힐 거다.

미국을 꺾어 보이겠다고 신나게 떠들다가 자국민을 곱게 포장해서 넘겨준 꼴이니까.

더군다나 그들이 한 행동은 단순히 사기가 아니라 실제로 중국 정부, 정확하게는 부패한 정치 관료들과 짜고 한 짓거리다.

즉, 그 테러 대상에 정치 관료들까지 들어가게 되는데, 판매자들이 잡혀가서 그들에 대해 나불거리면 테러 지원국으로 낙인찍힐 뿐만 아니라 미 정부에서 테러 혐의로 정치 관료를 요구할 것이 뻔하다.

즉, 그들을 보내 주면 공산당 내부에까지 문제가 번질 수밖에 없기 때문에 보내 줄 수가 없다.

그렇다고 안 넘겨준다? 그때는 또 다른 문제가 생긴다.

현재 상황에서 벌어진 그들의 범죄는 미국의 법을 기준으로 했을 때 명백하게 테러에 해당될 여지가 있다.

즉, 미국 입장에서 그들은 테러범이고 중국은 그들을 데리고 있다.

그런데 중국이 그들을 넘겨주지 않는다?

그런 경우 미국이 중국을 테러 지원국으로 지정할 핑계가 되어 버린다.

미국이 어떤 나라인가?

이라크가 테러를 지원했다는 핑계로 후세인의 모가지를

따 버리고 아프가니스탄이 테러범을 숨겨 줬다는 이유로 탈레반 정권을 쫓아내고 신흥 정권을 세운 나라다.

국제적으로 테러 지원국으로 선정되면 전 세계에서 당당하게 경제적 압력과 고립을 시켜 버릴 수 있게 된다.

문제는, 미국은 시작일 뿐이라는 거다.

중국의 미친놈들은 가짜 방역용품을 미국뿐만 아니라 유럽과 다른 나라들에도 판매했고, 실제로 그런 나라들은 대부분 심각한 코델09바이러스에 고통받고 있다.

내부적으로 문제가 심각한 나라들이 이러한 행동을 미국처럼 테러로 받아들이고 설치기 시작하면 진짜 중국은 테러 지원국이 되어 버린다.

"망할."

샹량핑은 머리가 아파 왔다.

이러지도 저러지도 못하는 상황에서, 그는 더더욱 중국의 고립주의를 가속화해야겠다고 마음먹었다.

⚖️

─FBI에서는 중국산 앱인 탁탁의 사용자를 정보 누설 혐의로 고발했습니다. 중국산 앱 탁탁은 개인 사용자의 사진, 문자, 전화번호 등등 정보를 수집하여 중국으로 보내는 앱으로, 수년 전부터 문제가 되었습니다. 이로 인해 정보 단체에서는 탁탁을 통한 국가 기밀 누설 여

부가 우려되고 있는 와중에 FBI에서는 해당 사실을 알고도 탁탁을 삭제하지 않은 요원에게 정보 누출 혐의를 적용한 가운데, 각 기업에서도 탁탁을 이용한 기업 내 기밀의 유출이 심각한 것으로 보고…….

"뭐, 중국산 앱 중에서 백도어 없는 게 얼마나 된다고."

당연히 있을 거라고 감안하고 써야 하는 게 현실이다.

애초에 탁탁이 정보를 빼돌린다는 소문이 난 지는 오래되었다. 그럼에도 불구하고 대부분의 사람들은 그걸 삭제하지 않았다.

왜냐하면, 정보가 새어 나가는 게 체감되지 않는 데다 탁탁은 여러 가지 이슈를 공유하는 평범한 앱이기 때문이다.

"저것도 미스터 노가 말한 겁니까?"

하이드 맥핀은 뉴스를 보면서 고개를 갸웃하며 물었다.

노형진이 뭔가를 하고 있다는 생각은 했지만 탁탁을 비롯한 중국산 앱을 공격할 줄은 몰랐다.

"네, 제가 말한 겁니다. 탁탁뿐만이 아닙니다. 중국의 대부분, 아니 모든 앱에는 정보를 모아서 중국으로 보내는 기능이 있습니다. 심지어 게임조차도 그렇지요."

어떤 걸 모아서 보내는지 사용자는 알지도 못하고 또 그걸 막지도 못한다.

해당 앱의 정보 유출 프로그램은 모든 보안 앱을 통과해 버리니까.

"중국이 머리를 잘 쓴 거죠."

어떤 미친놈이 '내 핸드폰에다가 정보 누출 앱을 깔겠습니다.'라고 하면 개소리하지 말라고 하겠지만, 재미있는 게임이나 놀이용 앱을 공짜로 뿌리면서 약관에 '당신의 모든 정보는 우리가 가지고 갑니다.'라고 짧게 적어 두면 사람들은 그걸 제대로 읽어 보지도 않고 동의를 눌러 버린다.

"그런데 그게 문제가 될 겁니다."

분명 앱에는 그런 약관이 존재한다.

실제로 한국에 발매한 중국 게임의 약관에 '당신의 모든 개인 정보는 공산당의 소유입니다.'라고 명시되어 있어서 난리가 났었다.

그러나 황당하게도 그 게임은 판매 실적이 엄청나게 좋았다.

그 약관이 뭘 의미하는지 대부분의 사람들이 이해조차도 못 하는 거다.

하긴, 약관에는 텍스트나 정보를 가지고 간다고 두루뭉술하게 표현되어 있으니까.

"하지만 그걸 핑계 삼아서 반역 혐의나 정보 유출 혐의가 적용되기 시작한다면 어떨까요?"

"호오? 그렇군요."

일단 자신이 동의한 게 맞기 때문에 엄청나게 큰 처벌을 받을 가능성이 높다.

당연하게도 그 과정에서 탁탁을 비롯한 중국의 앱들은 치명적인 타격을 입게 될 게 뻔하다.

그렇잖아도 도널드 올드먼을 비롯한 정치인들이 탁탁을 비롯한 중국산 앱이 위험하다고 말했지만 누구도 신경 쓰지 않았다.

재미있으면 그만이라고 생각했던 거다.

그걸 통해 새어 나갈 정보가 얼마나 중요한지도 모르고.

"일단 그게 터져 나가기 시작하면 아마 난리가 날 겁니다."

판례가 없다면 모를까, FBI를 통해 판례가 만들어졌다.

더군다나 뉴스를 통해 그 소식이 전해지면서 탁탁과 중국산 앱의 위험도에 대한 소식이 주변에 전해졌다.

그럼에도 불구하고 삭제를 안 한다?

"그러면 정보 누출을 각오하겠다는 의미죠."

그리고 기업 입장에서는 그런 사람들에게 소송을 걸거나 최소한 해고할 수 있게 된다.

실제로 중국의 앱 중에는 주변의 소리를 채집해서 보내는 것도 있다고 하니까.

"도대체가 이해가 안 간다니까요, 미국은."

본인을 위해 마스크를 쓰고 다니라고 해도 자유가 어쩌고 하면서 게거품을 물고 시위하고, '당신의 모든 자료와 정보를 빼돌리겠습니다.'라고 하는 앱은 낄낄거리며 웃을 수만 있다면 거리낌없이 쓴다니.

"모르니까 그러는 거죠. 그나저나 그런다고 사람들이 틱 탁을 지울까요? 아니, 굳이 그렇게까지 강제해야 할까요? 주요 공직자나 주요 정보를 접할 가능성이 있는 사람들은 지울 것 같기는 한데, 그거면 되지 않습니까?"

이미 주요 공직자들은 틱탁을 지우라고 미 정부에서 지시하기는 했다.

다만 정보 누설죄로 소송까지 해 가면서 망하게 하지는 않았다. 현실적으로 본다면 그럴 이유가 없으니까.

실제로 이게 계속되면 앱을 판매하는 스토어에서는 중국산 앱을 내리게 될 것이다.

그리고 노형진이 원하는 게 그거였다.

중국산 위험 앱들을 모조리 삭제하는 것.

중국산 앱을 올리기 위해서는 로그를 조사해서 정보 누설 위험이 있는 건 사전에 거르게 하는 것.

"솔직히 개개인의 앱 선택의 자유까지 터치하는 건 좀 과하다 싶은데요. 공산주의 국가도 아니고."

떨떠름하게 말하는 하이드 맥핀.

하긴, 그도 미국인이니 과도한 통제에 대한 거부감이 없을 수가 없다.

하지만 노형진이 굳이 이런 짓까지 하는 데에는 다 이유가 있었다.

"확실히 하이드 맥핀 씨가 말하는 그런 부분도 어느 정도는 이해가 갑니다. 일반인이야 중요한 정보가 중국 정부에 넘어갈 위험부담이 적은 게 사실이지요."

애초에 일반인들이야 흘릴 수 있는 정보의 한계가 명확하다. 잘해 봐야 본인의 사생활 정도.

그걸 중국에서 안다고 한들 그걸로 얻을 이익은 별로 없다.

"그런데 말입니다, 요즘 SNS를 보다 보면 이상하다는 생각 안 드십니까?"

"네? 갑자기 그게 무슨 말씀이십니까? 탁탁 이야기하던 중에 갑자기 SNS라니요?"

"별 느낌이 없으셨나 봅니다."

"아니 뭐, 솔직히 저희 정도 되는 변호사들은 그거 가지고 놀 시간이 없지 않습니까?"

그 말에 노형진은 고개를 끄덕거렸다.

실제로 상위 계층으로 올라갈수록 SNS에 매달리는 모습을 거의 보이지 않는다.

안 하는 건 아니지만 업무가 바쁘다 보니 개개인의 일상을 올리는 데에 한계가 있고 또 남이 올린 걸 볼 시간도 없으니까.

더군다나 변호사들의 업무는 대부분 결국 보안이 필수인지라 일상에 대해서는 잘 올리지 않는다.

"요즘 전 세계의 SNS를 보면 말입니다, 극단적으로 중국을 찬양하는 글이 늘었습니다."

"네? 중국 찬양요?"

"네. 그것도 자국의 이익마저도 버리고 무조건 중국을 찬양하고 있지요."

가령 중국과 미국이 어떤 협상을 한다고 하면, 분명 미국의 이익이 우선되어야 하는 협상임에도 불구하고 말도 안 되는 논리로 미국이 양보해야 한다고 선동하는 SNS가 엄청나게 늘었다.

그건 단순히 미국뿐만이 아니다.

전 세계에 비슷한 형태의 SNS가 폭발적으로 늘어나면서 중국에 복종해야 한다는 여론을 만들고 있다.

"아, 그래요? 이해가 안 가는군요."

하이드 맥핀은 고개를 갸웃했다.

SNS는 개인 공간인 만큼 개인적인 의견을 올리는 걸 막을 수는 없다.

그런데 굳이 자국의 이익을 포기하면서까지 중국에 복종해야 한다고 주장하다니?

"공산주의의 국가 전복 방식이 선동인 건 아시죠?"

"네. 하지만 SNS는 개인의 공간 아닙니까?"

"그러니까 그게 개인 공간이라는 걸 어떻게 확신하십니까?"

"보통 신변잡기나 개인적인 사진을 올리니까요."

"네, 맞습니다. SNS는 그런 용도죠. 그런데 중국산 앱이 가지고 가는 개인 정보는 뭘까요?"

"말씀하지 않으셨습니까? 개인 사진이나 전화번호나…… 문자나……."

말하던 하이드 맥핀의 목소리가 점점 떨려 왔다. 그리고 창백해진 안색으로 입을 다물었다.

그 모든 게 SNS 개인 계정을 만드는 데 필요한 거다.

심지어 대부분의 SNS는 1인당 계정 한 개만 주는 게 아니다. 필요에 따라 몇 개라도 만들 수 있다.

"이상하지 않습니까? 미국에 사는 미국인에, 사진도 박혀 있고 이름도 미국식이에요. 그런데 막상 SNS를 들여다보면 말입니다, '중국은 절대 테러를 할 나라가 아니다.'라거나 '이건 미 정부의 조작이다.'라는 이야기로 넘쳐 납니다."

"……!"

그러면 그 개인 정보와 사진은 어디서 구했을까?

"쓸모가 없다고요? 그건 개인적인 생각이고요. 정치하는 놈들은 없는 쓸모도 만들어 냅니다."

수백만 개의 계정을 만들어서 이런 식으로 돌린다면 여론을 만들고 국가를 뒤집는 것도 불가능한 일만은 아니다.

"미친……."

생각지도 못한 말에 하이드 맥핀은 부르르 떨었다.

"중국산 앱을 왜 통제하느냐고요? 간단합니다. 국가 전복 행위를 막기 위해서죠."

"……."

"의외더군요. CIA를 비롯한 주요 정보 단체들도 전혀 모르고 있었어요."

'하긴, 이 사실이 드러난 건 몇 년이 지난 후니까.'

다들 하워드 맥핀과 똑같이 생각했다. 아무런 가치도 없는 개개인의 사진과 정보를 가지고 가서 뭐에 쓰겠냐고.

하지만 그걸 이용해서 가짜 SNS 계정을 만들고 여론을 선동하고 국가 전복을 노려 볼 수 있다는 말에 그들은 지금쯤 난리가 났을 거다.

그래서 회귀 전과 다르게 중국 앱에 대한 강력한 제재를 할 게 뻔하다.

"웃기지 않습니까, 인터넷을 통제하려고 하는 나라가 전 세계에서 가장 인터넷 수작질을 잘 부린다는 게?"

"……."

"그걸 위해 일종의 사전 작업 중인 겁니다."

갑자기 다짜고짜 터트리면 다들 믿지 않을 거다. 진짜로 조작이라고 할지도 모른다.

하지만 미 정부에서 관련 직원들을 조사해 중국에서 개인 정보를 이용해서 SNS를 만들어 국가 전복을 위한 선동에 쓰고 있다는 것을 확인했다는 소식을 국민들이 듣는다면 어떤 생각을 할까?

"아마 대부분의 사람들이 중국산 앱들을 삭제할 겁니다."

물론 끝까지 쓰는 사람도 있을 거다.

하지만 그게 드러난 이상 미국 정부는 해당 앱의 삭제를 스토어에 요구할 수 있고, 이후에는 사용자가 줄어들 거다. 당연히 업데이트를 하지도 못할 테고.

당연히 인기도, 재미도 없는 앱을 쓰는 사람은 줄어들 테고.

"무섭군요."

자신들이 무심코 사용하던 모든 것이 다 중국 정부에서 사용하는 정보가 되다니.

"중국은 치밀합니다. 우리가 상상도 못 할 방법으로 공격합니다."

그들의 머릿속에는 인권이라는 개념이 없다.

당연히 그들에게 있어서 개인 정보는 공산주의 확장의 도구일 뿐이지 보호해야 하는 가치가 아니다.

"이제 안보는 말입니다, 국가의 문제가 아닙니다. 그리고 이번 앱 사건은 그 시작일 뿐이고요."

그 말에 하이드 맥핀은 왠지 알 것 같은 느낌이었다.

적출을 시작하지

　얼마 후 미 정부의 안보 연구소에서 발표한 내용은 미국의
국민들에게 큰 충격을 선사했다.

　−문제의 중국 앱이 국가 선동 및 전복 세력을 모집하는 목적의
SNS 계정을 개설하는 데 필요한 개인 정보를 각 핸드폰과 컴퓨터에
서 유출하는 용도로 사용되었음이 확인되었습니다. 이 앱을 제작한
이들은 개인 기기에 저장된 사진을 비롯한 개인 정보를 문제의 앱을
통해 중국으로 유출한 후 연관된 국적으로 가짜 SNS 계정을 개설하
여 마치 해당 국가의 국민인 것처럼 다른 국민들을 선동, 국가 전복
세력을 확장했다고 합니다. 그 과정에서 이들은 SNS에 무단으로 모
은 정보를 등록하여 해당 계정의 주인이 해당 국가의 실존하는 국민

이며 국민 대다수가 불만을 가지고 있는 것처럼 보이게 하여 사회 혼란을 야기하는 방법을 썼다고 합니다. 이에 각 나라의 정보부에서는 SNS에 대한 일제 단속에 들어갔습니다. 다만 현 상황에서는 SNS의 실제 주인에 대한 확인이 불가능하다는 점이 문제가 되고 있는데요. 해당 SNS의 주인이 과연 실제 인물인지 아니면 중국의 불법 자료 수집 행위로 만들어진 인간인지 알 수가 없는 상황에서, 각국의 정보 단체는 해당 주민을 소환하는 수밖에 없으며…….

사실 FBI에서는 처음부터 이런 공격을 하려고 했다.

노형진이 이야기해 준 것은 자유민주주의 국가에서는 상상도 할 수 없는 일이었으니까.

하지만 반격이 들어올 걸 예상한 노형진이, 먼저 내부 청소를 핑계로 일을 키우고 기업들을 아군으로 만들어 두면 반감이 덜할 거라고 조언해 줬다.

실제로 기업들이 가장 머리 아파하는 것 중 하나가 바로 중국의 정보 탈취였다.

그런 의견에 따라 일단 사실을 폭로한 후에 대중에게 해당 사실을 공개하기로 하자, 언론에서는 자신들의 보호를 위해 무차별적으로 중국산 앱에 대한 공격을 시작했다.

-오늘 마이크소프트에서는 보안을 이유로 모든 중국산 앱에 대한 사용 금지를 결정했습니다. 모든 직원은 중국산 앱을 삭제할 것

을 결정했으며 거부 시에 해직 및 자료 유출에 관한 모든 책임을 직원이 진다는 각서를…….

–와이플에서는 보안에 관련되어 검증이 끝날 때까지 모든 중국산 앱의 스토어 판매를 잠정 중단했습니다. 이는 안전을 위한 조치로, 각 앱의 분석이 끝난 후 정보 유출의 가능성이 없는 경우에만 다시 론칭하는 방향으로…….

갑작스러운 반격에 난리가 난 것은 단순히 미국과 유럽 각 국가만이 아니었다.

그동안 그러한 계정을 통해 다른 나라의 여론을 통제하고 선동하던 중국에는 날벼락이 떨어졌다.

–현재 소유하고 있던 계정의 30%가 사라졌습니다. 각 SNS에서 도용 계정 의심 신고가 폭발적으로 늘어났습니다.

사실 그런 계정을 구분하는 건 어렵지 않았다. 내용을 보면 대부분 중국을 찬양하는 논조를 사용하는 계정들이니까.

그렇잖아도 코넬09 때문에 반중국 전서가 전 세계를 강타한 상황에서 중국에 대한 찬양을 주력으로 삼는 계정을 보면 사람들은 무조건 도용 의심 신고부터 하기 시작했다.

"이걸 어떻게 안 거지?"

샹량핑은 입술을 깨물었다.

안 그래도 SNS를 통해 미국의 테러범 양도 요구는 월권이 며 동시에 주권 침해라고, 적극적으로 여론을 선동하라고 한 상황이었다.

그런데 그걸 시작한 지 채 사흘도 지나지 않았는데 계정이 발각되면서 줄줄이 날아가기 시작했다.

"그리고 이게 문제입니다만…….."

보고하던 공산당원은 침을 꿀꺽 삼켰다.

"지금 중국산 앱의 수익이 엄청나게 떨어졌습니다. 탁탁 의 경우는 아예 판매가 되지 않고 있습니다."

테러 의심이 확실시되고 있는 상황에서 사회 선동 혐의까 지 생겨 버리자 미국 입장에서는 당연히 범인을 내놓으라고 강하게 요구를 하고 있다.

"이런 젠장. 그렇다고 진짜로 내줄 수도 없잖아!"

그들을 내주면? 당연히 자신들이 병신이 될 것이다.

"그냥 버텨."

"하지만 샹량핑 동지, 지금 국제 여론이 심상치 않습니 다."

인터넷에서는 중국에 대해 일말의 좋은 말이라도 하려고 하 면 무더기로 도용 의심 신고가 들어가서 계정이 차단당했다.

실제 주인이라고 해도, 심지어 VPN을 이용해서 해당 서 비스를 이용하는 중국인이라고 해도 피할 수는 없었다.

결과적으로 인터넷상에서 중국의 영향력은 급속도로 쪼그

라들고 있었다.

"이게 무슨 병신 같은 일이란 말인가?"

사실 개개인의 사진을 도용하는 거야 진짜 어려운 일이 아니다. 그러니까 그런 계정이야 몇백만 개, 아니 몇억 개라도 만들어 낼 수 있다.

그리고 그들을 이용해서 국가를 전복하려고 시도하는 것도 사실이다.

그걸 가장 공격적으로 실험하는 곳은 대한민국이었다.

개인 정보를 이용해서 계정을 만들고 각 계층 간의 차별을 자극해서 이성 간의 혐오, 지역 간의 혐오, 정치 세력 간의 혐오, 종교 세력 간의 혐오 등 현재 혐오로 가득 찬 세상을 만드는 데 성공하지 않았던가?

그런데 갑자기 그게 안 된다니?

그동안 적에게 혼란을 야기하기 위해 고생해 온 게 모조리 날아가 버렸다.

"이런 젠장."

반동이라고 해야 할까? 도리어 그로 인해 한 줌도 되지 않던 지지자들까지 사라지다시피 한 상황.

현 상황을 타개할 방법이 없자 샹량핑은 숨이 턱턱 막혔다.

"그래서 우리가 하는 일들은?"

"사실상 모두 차단당했습니다, 진행하기 위한 모든 절차가 복잡해져서…….”

“아니, 왜? 그게 무슨 소리야? 미친! SNS 계정 따위야 얼마든지 만들면 되는 거잖아!”

한 사람당 몇백만 개를 만들든 상관없다. 어차피 중국에 전 세계의 모든 개인 정보가 다 모여 있다시피 한 상황이다.

그런데 차단당했다니?

“이게…… 미국에서 드림 로펌이 사회적 소송을 한다고 발표했습니다.”

“사회적 소송?”

“그렇습니다. 국가 전복을 위해 활동하는 중국에 포섭되어서 무차별적으로 계정을 발행해 준 기존 SNS 업체들에 소송을 건다고……”

“무슨 소송을 걸어? 걸어서 뭐 할 건데?”

계정을 만든 건 중국이지 그들 업체가 아니다. 그런데 왜 소송을 건단 말인가?

“아니 그게, 그들의 발표를 보셔야 합니다.”

“뭔데?”

“이걸…….”

서류 하나를 건네는 부하.

그걸 본 샹량펑은 이를 빠드득 갈았다.

“이런 개 같은 새끼들.”

–안전한 SNS를 즐기세요. 새로운 SNS 클린 스카이.

대대적으로 홍보를 하는 클린 스카이라는 SNS.

클린 스카이는 무서운 속도로 빠르게 성장하고 있었다.

사실 원래 역사에서 클린 스카이라는 SNS는 없었다.

하지만 노형진이 만들어 내면서 성장 중이었다.

"이걸 또 홍보로 사용하실 줄이야."

"하하하, 당연한 거 아닙니까? 제가 손해를 볼 수는 없지요. 더군다나 SNS가 얼마나 돈이 되는지 아는데요."

노형진은 하이드 맥핀의 말에 미소를 지었다.

클린 스카이의 모토는 간단했다. 깨끗한 세상.

개인 SNS는 개인의 이야기를 하는 세상이다. 그게 나쁜 건 아니다.

"하지만 '중국이 묻으면서' 모든 게 망한 거죠. 사실 말입니다, 한 사이트를 초토화하는 방식은 간단합니다. 혹시 아십니까?"

"네? 그런 건 잘……."

"그건 거기 가서 분탕질을 하기 시작하는 겁니다. 한국에서 오래전부터 사용되는 방법이지요. 아마 중국에서도 그런 방법을 쓸 테고요."

쉽게 말해서, 자신들에게 적대적인 사이트가 있다면 그곳으로 몰려 들어간다. 물론 그 숫자는 원래 사용자보다 훨씬 적을 수밖에 없다.

잘해 봐야 1만 대 1 정도나 될까?

"하지만 그 대신에 미친 듯이 분탕질을 하기 시작하죠."

자기 의견에 동조하지 않으면 욕하고 협박한다.

자기들끼리 친목질을 하며, 적대적이라고 판단되는 사용자를 조리돌림 하면서 겁준다.

필요한 경우 그의 개인 정보를 알아내어 주소 등을 공개하면서 협박의 강도를 높여 간다.

그리고 끊임없이 자기들 이야기를 떠들어 댄다.

"당연히 그 과정에는 상주 인원이 필요합니다."

개인이 순수한 의도로 그런 일을 할까? 그럴 리가.

당연히 그곳을 초토화하기를 원하는 정당이나 단체 같은 곳에서 직원을 고용해서 초토화 전술을 쓴다.

"그러면 사람들은 더러운 꼴을 보기 싫어서 점점 떠나게 됩니다."

물론 모든 사람이 떠나는 건 아니다.

하지만 어딜 가나 적극적으로 활동하는 사람들이 있기 마련. 그들을 콕 집어서 협박한다면?

그들만 박멸해 낸다면, 이용자 숫자는 한 줌이 되지 않아도 어느 틈엔가 자기들 의견만 공유하는 사람들만 남게 된다.

"그걸 한국에서는 테라포밍이라고 합니다."

"흠…… 효과적인 방법이네요. 저 같아도 사용하던 곳이 지저분해지면 떠날 테니까요."

"네. 그런 식으로 잘 굴러가던 사이트들 몇 개가 망했지요."

그런 테라포밍을 하는 사람들 중에 정상적인 사람은 없다.

그걸로 돈을 버는 놈이거나, 아니면 특정 사상에 심취해서 그걸 퍼트리는 것 말고는 생각을 못 하는 탈레반 같은 놈들만 그런 짓거리를 한다.

상식적으로, 날마다 출근하고 가족과 함께 살고 친구도 만나야 하는 정상적인 인간들이 과연 자신의 인생을 갈아 넣어 가면서까지 그런 테라포밍에 매달리겠는가?

"그런 테라포밍을 전문으로 하는 놈들은 고용된 놈 아니면 미친놈입니다. 당장 현 대통령도 SNS로 정치하지만 잘해 봐야 시간당 두세 개 정도가 끝 아닙니까?"

"그건 그렇지요."

"어떤 사이트에 초 단위로 글을 올리는 게 가당키나 하겠습니까?"

하지만 테라포밍 작업을 하는 놈들은 그 정도가 아니다. 오로지 그 작업에만 매달린다.

"중요한 건, 대부분의 사이트들 역시 그런 테라포밍 작업의 대상이라는 겁니다. SNS는 그걸 알면서도 방치한 거고요."

"사실 당연한 거 아닙니까? 그것도 개개인의 자유인데요."

"알지요."

노형진은 씩 웃었다.

그건 개개인의 자유다. 그걸 뭐라고 할 수는 없다.

자기가 자기 인생까지 갈아 넣어 가면서 테라포밍이나 협박을 하겠다는데 누가 말리겠는가?

"그래서 다른 SNS가 그렇게 개판 나는 거죠."

세상은 어딜 가나 어느 정도의 컨트롤이 이루어져야 한다.

문제는 이 자유주의라는 게 전가의 보도처럼 이용된다는 거다.

인터넷에서 자기 혼자 떠드는 거? 그건 자유다.

하지만 사상이 다르다는 이유로 공격하는 거?

그건 자유의 영역이 아니다. 방종의 영역이지.

"문제는 그걸 제대로 처벌하지 않는다는 거죠. 한국도 그 지랄인데 말입니다."

한국은 인터넷으로 모욕당하거나 협박당했다고 고소장을 써 가면 가장 먼저 듣는 말이 어차피 처벌받지 않으니까 고소 취하하라는 경찰의 협박이다.

실제로 명예훼손이나 모욕 고소장을 가지고 가면 50% 이상의 피해자들이 경찰에게 고소를 포기하라고 압박을 당한다.

"하물며 한국도 그 지경인데 미국이라고 다르겠습니까?"

그리고 중국은 그러한 무한한 자유를 이용해서 선동하고

국가를 전복하라고 컨트롤하려고 한 것이다.

"그래서 클린 스카이가 이런 정책을 쓴 건가요?"

"네. 클린 스카이는 기본적으로 남에 대한 공격에 한계가 있도록 만들어졌습니다."

물론 그걸 아예 막는 건 불가능하다.

애초에 그걸 규정으로 막을 수도 없다.

"하지만 심리적 방어선을 만드는 건 어렵지 않지요. 제가 노린 게 그거고요."

클린 스카이가 다른 SNS와 다른 점은, 바로 누군가 댓글이나 개인 DM을 보냈을 때 거기에 지역이 표시된다는 거다.

물론 아주 자세하게 표기되지는 않는다.

미국으로 친다면 주 정도, 한국으로 친다면 도 정도의 규모만 적혀 있다.

누군가가 미국의 누군가에게 DM을 보낸다면 대한민국 경기도 정도로만 표시된다.

이 정도면 상대방에게 자신의 개인 정보가 누출된다고 볼 수는 없다.

그에 반해 그걸 보내는 사람에게는 자신의 위치 정보가 수집되고 있다는 사실을 고지하게 된다.

"요즘 시대에 대부분의 사람들은 위치 정보를 켜고 다니죠."

그러지 않으면 이동하느라 기지국이 바뀔 때마다 위치를

수정해야 하는데, 그게 얼마나 귀찮은 일이겠는가?

"중국이랑 똑같은 거죠. 개인 정보를 가지고 간다고 고지한 걸 알지만, 귀찮으니까 동의하는 겁니다."

"음…… 알 것 같네요. 하지만 그래도 이해가 안 가는데요. 왜 이렇게 성장세가 빠른 거죠?"

물론 마이스터와 관련 회사들의 적극적인 홍보가 없는 것은 아니지만, 그렇다고 해도 상상 이상으로 성장이 빠르다.

"애국주의 때문이죠."

"애국주의요?"

"미국은 자유주의국가입니다. 그래서 자유에 대한 권리 요구가 엄청나죠. 하지만 때때로 그것보다 우선시되는 게 바로 애국주의입니다."

그리고 지금처럼 바이러스를 이용해서 미국이 공격받는다는 의심이 도는 상황에서 과연 애국주의가 우선될까, 아니면 자유주의가 우선될까?

"보통은 애국주의가 우선시됩니다."

당연한 거다.

미국은 자유주의국가이고, 국가가 존재하기 때문에 자유도 보장되는 거다. 그런데 국가가 전복되어서 공산화된다면?

"자유가 의미가 없죠. 애초에 자유가 없어지겠네요."

중국은 공산주의 국가이고, 절대적인 공산당의 지배하에 들어가 있다.

그 아래에서 자유주의를 외친다?

운이 좋아도 영원히 격리되는 거고, 운이 나쁘면 소리 소문 없이 사라져서 누군가의 장기를 자신의 장기로 대체해 주는 꼴을 당하게 될 게 뻔하다.

"그러니까 자연히 사람들은 국가를 보호하기 위해 움직입니다."

문제는, 지금 다른 SNS는 완전히 진탕이 되어 버렸다는 거다.

"툭 까고 말해서 지금 SNS는 중국 대 전 세계의 싸움터라고 봐도 무방합니다."

물론 노형진이 중국에서 개인 정보를 빼돌려 SNS에서 여론 조작과 선동을 하고 있다는 걸 공개한 덕분에 생긴 일이다.

중국은 끊임없이 계정을 만들어 자신들을 옹호하고 국가를 전복하려고 시도하고 있고, 그 사실을 이미 다 알고 있는 그 나라의 국민들은 그에 대해 불만을 가지고 맞서 싸우고 있는 것이다.

"테라포밍 시도를 몰랐다면 모를까, 알면서도 순순히 당해 주는 사람들은 없습니다."

"하지만……."

그 말에 하이드 맥핀은 약간 쓰게 웃었다.

그의 오랜 경험상 그런 싸움은 필연적으로 돈과 시간이 있는 공격자가 유리하다는 걸 알기 때문이다.

"알고 있습니다. 그래서 제가 클린 스카이를 만든 겁니다. 아까도 말씀드렸지 않습니까, 그들이 테라포밍에 승리하면 다른 사람들은 떠난다고."

"아!"

압도적 다수가 떠나고 극단적 소수만 남아서 테라포밍된 사이트를 전리품 삼아서 물어뜯다가 사람이 없으면 버려서 그 사이트가 폐쇄되는 것.

이게 일반적인 사이트 테라포밍의 과정이다.

"그러면 그렇게 떠난 사람들은 어디로 갈까요?"

"그걸 노리신 거군요."

이미 SNS는 한두 개가 아니다.

하지만 중국은 기존의 SNS를 모두 접수하고 온갖 가짜 계정을 통해 선동 작업을 하는 중이다.

실제로 이번 사태 이후로 SNS에 대한 불만이 엄청나게 늘었다.

"중국의 테러 혐의가 거의 확실시되고 있습니다. 얼마 전에 중국에서 발표한 거 아시죠?"

결국 중국은 자존심을 선택했다.

미국에서 누명을 씌울 게 뻔하니 자신들의 국민을 내줄 수 없다는 거다.

당연히 미국의 국민들은 분노했다.

대놓고 시위하고 돈을 주면서 혼란을 야기시켰는데, 심지어 가짜 위생용품을 보내서 질병을 퍼트린 테러범들을 안 보내다니.

"당연히 사람들은 지금 중국에 분노하고 있습니다."

그리고 그걸 막기 위해 중국은 총력을 다해서 SNS 여론전을 벌이고 있다.

아무리 중국이 강대국이고 전 세계를 지배할 생각까지 한다 해도, 전 세계 국민들을 대상으로 싸울 수는 없다.

"문제는 지금의 SNS에서는 그걸 막을 방법이 없다는 거죠."

무한대로 만들어지는 개인 SNS와 그걸 이용한 공격.

그리고 그 상황을 보고 질려서 떠나는 사람들.

그들이 자연스럽게 신규 SNS인 클린 스카이로 이주하는 건 어찌 보면 당연한 거다.

"개인의 SNS 개설을 막을 법 조항이나 회사 규칙 같은 건 없으니까요."

문제는 어마어마한 숫자의 도용 SNS가 생기고 있는데 회사는 그걸 방치하고 있다는 거다.

그걸 알기에 노형진은 사람들을 모아서 그에 관한 고소를 한 상황이다.

사실 기존 SNS 측에서 지금의 상황을 모를 리가 없다.

그럼에도 불구하고 아무것도 못 하는 건, 마땅한 대응책이 없기 때문이다.

"그런데 그건 클린 스카이도 마찬가지 아닙니까?"

"하하하."

노형진은 그 말에 크게 웃었다.

"왜 웃으십니까?"

"같지만 다르거든요."

"네? 어째서요?"

"클린 스카이는 기본적으로 중국에서 불법입니다."

정확하게는, 모든 SNS가 중국에서는 불법이다.

SNS 기업이 중국에서 영업하기 위해서는 중국 정부의 허가를 받아야 한다.

문제는 중국의 방식이다.

중국은 해외에서 성공한 아이템이 있으면 당원을 시켜서 그걸 그대로 베껴 중국에서 서비스하게 만든다.

드라마나 예능, 심지어 게임까지 베끼는 중국이 과연 SNS를 그냥 둘까?

실제로 중국은 웨이포라고 하는 SNS가 독점하고 있다.

그 외 다른 수많은 SNS가 중국에 들어가고 싶어 하지만 중국은 절대 허가해 주지 않는다.

"웃긴 건 말이죠, 그래도 해외 SNS를 이용하는 놈들이 있다는 겁니다. 뭐, 그들은 둘 중 하나지만요."

하나는 VPN을 이용하는 인간들, 다른 하나는 해외 작업을 위해 중국 당국에서 열어 준 서버.

"중요한 건 그거죠."

중국은 SNS가 불법이다.

그 말은, 지금 중국에서 SNS를 하는 놈들은 모두 불법을 저지르고 있다는 뜻이다.

"인터넷에는 모두 IP라는 게 붙습니다."

당연하게도 어떤 나라에서 인터넷을 하는지 알 수 있다.

"우리 같은 경우는 중국에서 들어오는 IP에 대한 자료를 모을 수 있지요. 그러면, 그걸 고발하면 어떻게 될까요?"

"고발……요?"

"네. 인터넷의 함정이지요."

모든 법은 기본적으로 한 나라의 지역적인 영향을 받는다.

하지만 미국에서 사기를 쳤는데 한국인이라는 이유로 한국 법으로 처벌받지는 않는다.

"하지만 말입니다, 인터넷에서는 국가 개념이 희박합니다."

즉, 그들이 중국에서 위법을 저질렀다면 굳이 고발을 미국에서 할 필요는 없다는 거다.

"우리는 해당 IP를 중국에 신고하면 되는 겁니다."

"아!"

당연히 중국에서는 현행법 위반이라고, 그걸 처벌해야 한다.

그 말은, 중국은 자기들이 작업하던 서버를 닫아야 한다는 뜻.

"결과적으로 그들의 작업에 여러 가지 애로 사항을 발생시킬 수 있다는 거죠."

하루에 수십 수백만 댓글 작업을 하던 중국 IP가 막혀 버리면? 곤란한 건 당연히 중국이다.

하지만 클린 스카이는 중국 현지의 불법성을 이유로 중국의 댓글 IP를 당당하게 막을 수 있다.

"즉, 중국이 우리 클린 스카이에 와서 작업하는 게 쉽지는 않을 거라는 겁니다."

"하지만 그래도 문제가 없지는 않은 것 같은데요. 당장 노변호사님도 VPN을 말씀하지 않으셨습니까?"

VPN을 이용해서 접근하는 경우는 예상하는 게 어렵지 않다. 개인도 가능한 걸 국가가 못할 리가 없으니까.

"VPN 써 보신 적 없죠?"

"네."

"그건 쉽게 말해서 사설 인터넷망입니다."

원래대로라면 클린 스카이에 바로 접속하면 되지만 중국에서 막으니까 일단 VPN이라는 사설 인터넷망을 통해 우회해서 원하는 국가의 사이트에 접속하는 거다.

다소 간략하게 설명했지만 기본적으로는 이런 형태다.

당연히 클린 스카이는 해당 유저의 국가를 중국이 아닌 VPN에서 선택한 다른 국가, 예를 들면 미국이나 한국 등으로 인식하고 접속을 허용하는 거다.

"문제는 말이죠, 그게 안전한 기술은 아니라는 거죠."

"안전한 기술이 아니라니요? 광고를 보니까 보안은 철저하다고 하던데요."

"반은 맞고 반은 틀립니다."

분명 완전 직접적으로 접속해서 인터넷을 사용하는 것보다는 안전하다. 사설 인터넷망에 접속하기 위해서는 나름의 보안 과정을 거쳐야 하기 때문이다.

"그렇지만 해서 절대적 안전망을 제공하는 건 아닙니다. 다중이 쓰는 만큼 방화벽에 한계가 있는 거죠. 사람들이 착각하는 게 그거죠."

VPN 우회는 당사자의 인터넷 사용 감시를 막을 수는 있다.

하지만 VPN 서버 자체의 접속 기록 추적을 막을 수는 없다.

보안을 이야기하지만, 보안으로 보면 사실 유료 방화벽이 안전하지 VPN이 안전한 건 아니다.

실제로 FBI에서 VPN의 실시간 패킷 감시를 시연해 준 적이 있을 만큼, 작심하고 추적하면 못 막을 건 아니다.

"중국에서는 우리가 그런 식으로 나오면 분명 VPN을 쓸 겁니다. 그러면 우리는 훨씬 대응이 간단하죠."

해당 VPN에서 나오는 모든 신호를 차단해 버리면 된다.

수천수만 개의 계정이 중국을 찬양하기 시작하면 그건 중국 VPN이라는 걸 확신하고 차단을 박아 버리면 되는 거다.

"복잡하기는 하지만 확실한 거죠."

그건 문제가 될 수가 없다.

분명 중국 정부에서 하지 말라고 한 거고, 그 법에 따른 거니까.

당연히 중국은 자기네들 계정을 막았다고 따질 수도 없다.

"우리가 그렇게 해서 고객을 빼돌리기 시작하면 아마 다른 기업들도 비슷한 방법을 쓸 겁니다."

그리고 이후에는 중국 입장에서는 점점 전 세계에서 여론 조작 작업을 하는 게 불가능해질 거다.

"아마 속 터질 겁니다."

노형진의 말에 하이드 맥퀸은 탄성을 내질렀다.

이쪽에서 무단으로 중국 IP를 막으면 중국에서 뭐라고 하겠지만, 고발을 진행하면서 하면 이는 명백하게 중국의 법을 따라 움직이는 정당한 기업 행위가 된다.

중국에서 항의조차 못 하는 거다. 자기들이 만든 법에 따르는 거니까.

자국의 위반자들을 자발적으로 고발까지 해 주는데 고발하지 말라고 할 수도 없고, 그렇다고 닥치는 대로 처벌하자니 인터넷 여론의 힘이 빠질 수밖에 없고.

"재미있네요."

하이드 맥핀은 피식 웃었다.

자기 함정에 자기가 빠지는 꼴이 된 중국은 과연 어떤 기분일까?

"뭐, SNS 건은 여기까지만 하죠. 그 후에는 천천히 진행하고, 다음을 진행합시다."

"다음요?"

"네. 일단 시작했으니 중국의 손발을 끊어야지요. 당장 여러 가지 이유로 그들이 꼼짝 못 할 테니까요."

"흠, 단순한 마스크 착용 거부 시위가 중국의 숨통을 조일 줄은 몰랐네요."

"뭐, 그런 겁니다. 그러고 보니 요즘 마스크 시위는 어떤가요?"

"아주 없어졌다고 할 수는 없지만 거의 없어졌죠."

노형진의 말대로 애국주의와 자유주의가 충돌하면서 애국주의가 우선시되게 되었다.

더군다나 정황상의 증거라지만 중국이 미국에 바이러스를 퍼트리려고 시도한다는 의심은, 그들과 함께하거나 그들의 명령에 복종했던 자들에 대한 불만으로 빠르게 부풀어 올라갔다.

"몇몇 방역 반대론자들이 공격도 당한 모양이고, 일부 마스크 반대론을 외치던 정치인이나 주지사의 집으로 빨갱이를 잡는다면서 일부 시민들이 몰려간 일도 있었나 봅니다."

"이런. 그 정치인들은 똥줄 타겠네요. 그런 상황이면 다음 선거에서 탈락하는 건 확정일 테니까. 하긴, 미국이 또 그런 건 극단적이죠."

애국 교육이 잘되어 있는 미국이다.

더군다나 한국처럼 아무것도 안 해 주면서 무조건 애국하라고 하는 방식이 아니라, 애국하면 충분한 대가를 지급하는 방식이기에 더더욱 효과가 좋다.

그런 미국에 노형진이 적절한 떡밥을 던져 주고 사방으로 터트린 덕분에, 지금 미국에서는 마스크를 쓰지 말자고 하거나 방역하지 말자고 하는 사람들이 중국의 돈을 받고 생화학 테러를 하는 일종의 테러 단체로 인식되고 있었다.

'미국 국민의 지적 능력이 떨어지는 게 이럴 때는 또 편하단 말이지.'

만일 똑똑하다면 아마 마스크 미착용의 자유와 공산주의를 엮지 말라고 항의하는 사람이 많았겠지만, 일단 분위기가 만들어진 덕분에 지금 마스크 쓰지 말라고 주장하는 놈들은 그 말을 하기 무섭게 스파이 혐의로 고발이 진행되고 있었다.

"뭐, 그렇다고 해도 개인의 마스크 착용을 강제하는 데에는 한계가 있지만 말입니다."

"그건 진짜 자유의 영역이니까요."

자기가 마스크 안 쓰고 뒤지고 싶다는데 누가 말리겠는가?

다만 노형진의 목적은 마스크를 쓰지 말라고 시위하거나 강요하는 행동을 막는 것이었다.

'모두를 구할 수는 없지만 그래도 구할 수 있는 사람은 구해야지.'

아마 그 시위가 사라지면 바이러스가 퍼지는 속도도 많이 느려질 테니, 얼마나 많은 사람들을 구할 수 있을지는 모를 일이었다.

'물론 돈이 어마어마하게 벌리는 것은 빼고 말이지.'

노형진은 이미 이 모든 걸 예상하고 관련 업체들에 공매도를 해 둔 상황.

이제 전 세계에서 노형진의 부를 따라갈 수 있는 사람은 없다시피 했다.

기껏해야 사우디 왕가 정도나 되겠지만, 그들도 모든 자산을 자기 마음대로 할 수는 없는 것에 반해 노형진은 언제든 그 자산을 현금화하거나 힘으로 동원할 수 있기에 그 파워는 좀 달랐다.

'그리고 이제 그걸 쓸 시간이야.'

중국이 전 세계를 호령하고 쥐고 흔들 수 있는 이유는 간단하다. 그들이 돈으로 기업을 인수한 뒤 그걸로 협박하기 때문이다.

물론 인수한 기업을 자기들이 컨트롤한다는 게 나쁜 건 아니다. 그건 당연한 권리다.

하지만 중국은 자기들이 인수하지 않은 기업에도 온갖 협박질을 한다.

　자기들의 시장이 크니까 그 시장으로 들어오고 싶으면 공산당을 찬양하라 이거다.

　실제로 미국의 대부분의 문화 산업은 중국에 먹혀서 오래전부터 중국을 찬양하고 있었다.

　"하지만 이제부터는 이야기가 좀 달라질 겁니다. 문화 산업을 대대적으로 손볼 생각이거든요."

　"뜬금없이 문화 산업을요?"

　"게임에도 문화 승리라는 개념이 있습니다. 한 나라의 문화를 지배하면 그 나라를 흡수하는 것도 쉽죠. 당장 중국만 봐도 그렇습니다. 중국은 공산당의 나라고, 중국 찬양은 공산당에 대한 찬양입니다. 그렇다면 지금 문화 산업이 향하는 방향은 어느 쪽일까요?"

　"어렵지 않은 말이군요."

　당연히 중국에 대한 찬양이다. 이해는 간다.

　미국과 비슷한 시장 규모를 가진 게 바로 중국이다.

　그러니 미국에서 30%의 고객을 잃어도 중국에서 50%의 수익을 낼 수 있다면 그 수익은 어마어마하다.

　"그러니까 그런 식으로 애매하게 구는 걸 완전히 막아 버릴 생각입니다."

　"하지만 어떤 식으로 말입니까? 모 아니면 도라는 식으로 몰빵할 리는 없을 텐데요."

　노형진은 그 말에 씩 웃었다.

　"중국이지 않습니까? 땅은 크고 넓은데 속은 좁아서 중국
이라고 한다죠. 그 좁은 속을 한번 건드려 볼까 합니다."

　그리고 그 첫 번째 타자는 NBA였다.

　"바바예투 예투 울리예우리~."

　노형진의 흥얼거림.

　하지만 NBA 사무국장 로이 젠달은 저 흥얼거림이 미치게
두려웠다.

　'뭔 생각이야?'

　아니, 여기서 왜 게임 주제가를 부르는지 이해가 가지 않
았다.

　하지만 그게 중요한 게 아니다.

　좋은 상황에서 온 거라면 노형진이 게임 주제가를 부르든
발가벗고 브레이크 댄스를 추든 신경 쓸 일이 없다.

　하지만 그게 아니니까 문제인 거다.

　"흠, 로이 젠달 국장님."

　"네?"

　"이 노래가 뭔지 아십니까?"

"그 노래 말입니까? 게임의 주제가라는 건 알고 있습니다 만⋯⋯."

그렇잖아도 바빠 죽겠는데 누가 저런 노래를 외우고 다닌단 말인가? 더군다나 의미도 알 수 없는 노래를.

영어도 아니고 프랑스어도 아니고 라틴어도 아니다.

당연히 그 의미를 로이 젠달은 모른다. 다만 어디서 들어서 게임 주제가라는 것만 알 뿐.

"이 노래는 말입니다, 주기도문입니다."

"주기도문? 그게 말입니까?"

"네. 주기도문을 스와힐리어로 부른 거죠. 아, 스와힐리어는 아프리카 언어입니다."

"그렇군요."

"우리 우리 아버지시여, 하늘에 계신 분이여. 아멘. 우리 우리 아버지시여, 그 이름이 거룩히 빛나시도다."

노형진은 능숙하게 주기도문을 외웠다.

물론 노형진은 무교다. 하지만 회귀 전 미국에서 살았고, 미국은 기독교 국가다. 당연히 교회를 안 나가면 생활 자체가 안 되어서 그때는 기독교 신자였다.

그래서 주기도문을 잘 알고 있다.

한참을 주기도문을 외우던 노형진은 아멘이라는 말을 마지막으로 잠깐 침묵을 지켰다.

그리고 그런 모습을 하이드 맥핀이 기대한다는 표정으로

이것이 법이다

보고 있었다.

'미치겠네.'

주기도문 외우는 꼴도 어이가 없는데, 뒤에서는 다른 곳도 아닌 드림 로펌의 대표가 기대하는 표정으로 보고 있다?

이 상황이 조금도 불안하지 않은 놈이 세상에 있다면 그놈이 미친 거다.

"로이 젠달 국장님."

"네."

"하느님께 맹세코 하느님이 보호하는 미국을 저버리거나 하지는 않으셨나요?"

"네? 그게 무슨 말씀입니까? 제가 그럴 이유가 없지 않습니까?"

"그래요? 이상하군요. 저는 NBA가 돈 때문에 미국을 저버리고 사탄의 국가인 중국에 무릎을 꿇은 걸로 알고 있습니다만."

"누가 그럽니까!"

"아닌가요? 전 NBA가 중국에 무릎을 꿇고 빈 걸로 알고 있는데요."

"누가 그런 말을 합니까?"

사건은 이랬다.

미 프로 농구 NBA의 구단 단장 중 한 명의 발언에서 시작된 일이었다.

홍콩에서 벌어진 시위를 NBA의 단장 중 한 명이 지지한다고 이야기하면서, 중국에서 NBA 보이콧 운동이 벌어진 것이다.

　미국의 프로 농구와 중국이 무슨 관계가 있느냐고 할지 모르겠지만 의외로 중국의 시장은 NBA에 있어서 소중하다 못해 절대적인 이익의 장이다.

　당장 수익의 50% 정도가 중국에서 나오기 때문이다.

　그런데 단장 한 명이 홍콩을 지지한다고 말하자 중국 팬들은 강력히 항의하고 중국계 스폰서들은 일제히 돈줄을 끊었다.

　NBA는 다급하게 단장에게 사과를 강요했고, NBA의 명의로 중국 팬들에게 미안하다는 식의 사과를 했다.

　문제는 미국은 자유주의국가이며 개인에게는 발언의 자유가 있다는 거다.

　홍콩을 지지하든 중국을 지지하든, 그건 NBA가 나설 일이 아니었다.

　그러나 NBA는 나서서 사과를 강제하고 심지어 미국프로농구협회라는 이름으로 사과까지 했다.

　이는 사실상 미국의 자유주의를 부정한 것이었고, 그로 인해 사람들의 분노는 하늘을 찔렀다.

　'하지만 원래 역사에서는 미국 사람들이 뭐라고 하든 눈도 깜짝 안 했지.'

　그도 그럴 게, 미국에서 어차피 NBA는 점점 인기가 떨어지는 중이었다.

마이클 조던 이후 미국 NBA의 인기와 시청률은 옛날 같지 않았고 그 수익은 점점 줄어들고 있었다.

그런 상황에서 목숨 줄 같은 중국 시장을 버릴 수는 없었던 것이다.

이해는 한다. 하지만…….

'이해하는 것과 대응은 전혀 다른 문제지.'

범죄자들이 구구절절하게 떠들어 대는 사정을 들어 보면 어느 정도 상황이 이해가 가는 때도 있다.

하지만 그래서 뭘 어쩌란 말인가?

죄는 미워하되 사람은 미워하지 말라?

개소리다.

죄만 따로 처벌할 방법이 없다면 사람이 처벌받아야 한다. 그 죄를 저지르는 걸 선택한 건 그 사람이니까.

노형진의 경험상 대부분의 범죄는 피할 수 없어서 하는 게 아니라 더 많은 돈을, 더 큰 이익을 위해 하는 거다.

그런데 그걸 왜 용납해야 한단 말인가?

"하느님께 맹세코, 절대로 미국의 국익에 반하거나 미국의 자존심에 금이 갈 만한 행동은 하지 않았습니까?"

노형진의 질문에 로이 젠달은 눈을 데굴데굴 굴렸다. 노형진이 무슨 말을 하는지 알아차린 것이다.

"아니…… 그게 말입니다, 어쩔 수 없지 않습니까? 우리도 수익을 내야 하고…….”

“공산당이 지배하는 중국에 무릎을 꿇는 한이 있어도 말입니까?”

“그게 그렇게 간단한 게 아니지 않습니까?”

“아, 물론 간단한 건 아니지요. 그래도 NBA의 주요 시장은 미국 아닙니까? 정치인들까지 나서서 항의하는데 그건 완벽하게 씹으셨던데?”

“…….”

실제로 이 사건으로 미국의 정치계도 발칵 뒤집어졌다.

개인적으로 사과한 것도 아니고 NBA가 미국을 대표하는 단체로서 사과한다는 식의 헛짓거리를 하는 바람에 더더욱 분위기가 안 좋아졌었다.

'하지만 로이 젠달은 철저하게 무시했지.'

왜냐하면 그걸로 미국에서 할 수 있는 게 없으니까.

미국은 자유주의국가이고, 개인의 영역을 존중한다.

아이러니하게도 그걸 존중하지 않는 중국은 NBA에 보복할 수 있지만 미국은 항의 말고는 할 수 있는 게 없다.

'흔한 일이지.'

인간이나 조직이 자신들에게 보복할 수 있는 불법 단체나 권력자에게는 설설 기지만 규정을 지키는 정부 단체에는 고개 뻣뻣하게 들고 법대로 하라고 소리 지르는 건 하루 이틀 문제가 아니다.

당장 중국인들이 한국에 와서도 한국 경찰을 병신처럼 보는 이유가, 중국에서는 경찰에 끌려가 뒈져도 누구도 뭐라고 못 하는 반면 한국은 사람을 두들겨 패도 감옥에도 안 가기 때문이다.

'하지만 그게 나한테는 안 통해.'

노형진은 싱글벙글 웃으며 말했다.

"그래서 NBA의 공식 의견을 다시 한번 확인하고자 합니다. NBA에서는 이번 사건에 대해 어떻게 생각하십니까?"

"아니, 그건 말입니다, 그게…… 중국에 대한…… 사과는 일단 아무래도 이미 한 거니까……."

"아니요. 아니요. 뭔가 오해하시는 모양인데……."

노형진은 씩 하고 웃었다.

'눈치 빠른 새끼.'

눈앞의 로이 젠달이, 노형진이 노리는 게 뭔지도 모르면서 일단 어떻게든 막으려고 하는 게 눈에 보였다.

'하지만 그렇게 쉽게 될 것 같아?'

회귀 전이었다면 어쩔 수 없어서 그냥 갔을 것이다. 하지만 회귀하면서 많은 것이 바뀌었다.

회귀 전 중국과 미국의 사이가 단순히 그냥 데면데면한 사이, 아니면 살짝 상대방에게 짜증을 내는 사이였다면, 지금은 사실상 상대방을 적성국으로 의심하는 사이다.

전쟁을 치를 정도는 아니지만 확실하게 자신들에게 한 짓거리를 의심하고 있는 상황.

그렇잖아도 미국에서 발표한 테러 가능성과 그 범인으로 의심되는 자들의 송환 거부는, 불안한 두 나라의 관계에 거의 불을 놓다시피 한 상황이었다.

노형진은 거기다가 새로운 불을 지를 생각이었다.

"저는 말입니다, 지금 당신이 빨갱이라고 의심하는 겁니다."

"빨갱이라니요!"

그 말에 로이 젠달은 기겁했다.

자신을 보고 빨갱이라니? 무슨 말도 안 되는 소리란 말인가?

"그런데 왜 굳이 NBA의 이름으로 중국에 사과한 겁니까?"

"네?"

"NBA는 미 프로 농구입니다. 무슨 뜻인지 아시죠?"

"알죠."

"그런데 개인의 사상적 자유를 침해할 권리가 있습니까?"

"그거야……."

없다.

아무리 그들에게 힘이 있다고 해도 그걸 침해할 수는 없다.

실제로 그런 일은 생각보다 많다.

미국은 시합을 할 때 한국처럼 국기에 대한 경례를 한다.

미국의 선수들은 국가가 나올 때 무릎을 꿇는 게 하나의 규칙이다.

하지만 때때로 선수들 중 일부가 항의의 의미에서 그걸 거부하는 경우가 있다.

물론 그걸로 징계를 하느냐?

애석하게도 그에 대한 말은 많지만 현실적으로 징계가 이루어진 적은 거의 없다.

그 또한 개인의 선택이니, 국가에 대한 충성을 강제할 수 없다는 거다.

물론 그로 인해 상품성이 떨어지고 시장에서 퇴출되는 것역시 그 선수의 선택인 거지 구단이나 협회가 나설 일은 아니다.

"하물며 선수도 아닌 단장이 한 말을 강제로 사과시키고 NBA 이름으로 사과문을 발표한다면…… 흠…… 제 입장에서는 미국의 정신을 NBA가 공개적으로 부정했다고 볼 수밖에 없습니다."

"아닙니다. 아니에요. 절대 아닙니다!"

"글쎄요, 저는 그렇게 생각하지 않는데요. 다른 문제도 아니고 민주주의 시위 문제입니다. 그걸 부정한 건 NBA 아닌가요?"

"그걸 부정한 건 아닙니다."

"아! 그러면 홍콩 민주주의 시위를 응원한다는 말씀이시군요. 아, 혹시나 해서 말인데 여기에서 이루어진 질답은 모두 공식 발표로 나갈 겁니다."

노형진은 여기까지 말하고는 씩 웃었다.

동시에 그의 눈이 묘하게 반달로 꺾이면서 로이 젠달을 밀어붙였다.

'자, 과연 어쩔 것인가?'

오래전 개그 프로그램에서 봤던 우기기 스킬. 노형진은 그걸 한번 적용시켜 볼 생각이었다.

"아닙니다. 우리는 홍콩 민주주의 시위를…… 그다지……."

"아! 그러니까 하나 된 중국과 공산당을 지지한다? 이거군요?"

"네? 아닙니다. 아니에요. 그게 왜 그렇게 해석됩니까? 우리는 그냥 홍콩 민주주의 시위가 잘 끝나기를 원할 뿐입니다."

"아, 그러면 홍콩의 독립을 응원한다?"

"그게 아니라니까요. 우리는 그냥 모든 게 다 잘 끝나기를……."

"그러니까 홍콩에서 누가 뒈지든, 공산당이 미국에 테러를 하든 말든 상관없고 우리는 돈만 벌면 된다?"

"아니…… 그게……."

뭘 해도 꼬투리 잡는 방식.

물론 평소라면 말이 안 되는 상황이다. 오죽하면 개그 프로그램에 나왔겠는가?

하지만 이 홍콩 민주주의 시위는 심각한 상황이고, 결정적으로 지금 NBA는 이미 그것과 관련해서 사과하고 전 미국에서 분노에 찬 욕을 들어 처먹고 있는 상황이다.

그러니 '그냥 뭔가 억울합니다.'라고 이야기하고 끝낼 수가 없다.

"그러니까 NBA는 미국의 자유와 하느님을 부정한다는 소리네요?"

"아니요. 아닙니다! 우리는 그냥 중국에 금전 문제가 걸려 있어서……!"

"아, 그러니까 중국에 사과한 건 진심이 아니다?"

그걸 인정하자니 분명 노형진은 외부에 여기에서 있었던 이야기를 공개한다고 했다.

그 말은 그때부터는 중국에서 자신들을 퇴출한다는 거다.

"도대체 뭘 원하시는 겁니까?"

"간단합니다. 단장님과 미국의 국민들에게 공개적으로 사과하세요."

"그건…… 안 됩니다."

"돈만 되면, 중국이 미국에 아무리 적대적 행동을 한다고 해도 끝까지 간다 이 말씀이군요."

"……"

로이 젠달은 그 말에 아무런 대꾸도 하지 않았다.

'하긴. 그러겠지.'

노형진은 고개를 끄덕거렸다.

원래 역사에서도 로이 젠달과 NBA는 철저한 침묵으로 위기를 벗어났다.

사실 이런 상황에서는 무슨 말을 해도 결국 문제가 생기니까.

중국에 사과한 걸 부정하자니 중국 시장이 날아가고, 그렇다고 중국이 올바르다고 하자니 NBA가 공식적으로 중국의 홍콩 무력 진압을 동의하는 꼴이 되어 버린다.

다른 상황이라면 그러한 말이 큰 문제가 되지는 않았을 것이다.

하지만 지금은 그게 아니다.

중국이 미국에 생화학 테러를 했다는 소문과 그와 관련된 많은 증거들이 나오고 중국에서 테러 용의자를 넘겨주지 않겠다고 못을 박은 시점에서, 두 나라 사이는 사실상 적성국 수준으로 떨어진 셈이다.

물론 경제적 정치적 문제라는 건 그렇게 단순하지 않다.

미국은 중국이 필요하고, 중국도 미국이 필요하다.

그래서 전쟁은 안 한다.

'하지만 그건 어디까지나 국가 간의 문제지.'

국민들의 사상과 감정에 기댄 문화의 경우는 감정이 틀어지면 완전히 버려질 가능성이 크다.

"알겠습니다. 그러니까 중국에 사과한 걸 철회 못 하시겠다?"

"……."

"그러면 미국보다는 중국이 우선이다 이겁니까?"

"……."

"미국의 국민들에게 미안하지도 않습니까? 미국에서 지금의 NBA를 만들어 줬습니다. 그런데 정작 미국 국민들은 버리고 중국을 찬양해요? 제정신입니까?"

"……."

대꾸해 봤자 노형진의 말에 계속 휘둘릴 뿐이라고 생각한 건지 로이 젠달은 침묵을 지켰다.

'그래, 그럴 거라 생각했다.'

그리고 그걸 알기에 여기까지 온 거다. 선전포고하기 전에 근거를 만들기 위해 말이다.

"좋습니다. 그렇게 영원히 침묵을 지키세요."

자리에서 일어나는 노형진.

대부분의 경우 불리하면 사람들은 침묵을 지킨다.

그 사실을 알기에 노형진은 그걸 약점으로 삼을 생각이었다.

"가시죠."

로이 젠달을 두고 나가는 노형진. 그리고 그의 뒤를 따라오는 하이드 맥핀.

"예상대로군요."

"맞아요. 예상대로죠. 사실 NBA 입장에서는 자기들이 입닥치고 있는 한 외부에서는 어떠한 공격도 하지 못할 거라고 생각할 겁니다."

"그야 그렇겠죠. 다른 곳도 아닌 NBA 아닙니까?"

"맞습니다. 썩어도 준치라고 하지요."

어찌 되었건 NBA는 미국의 프로스포츠계에서 가장 인기가 있는 곳 중 하나니까.

"하지만 말입니다, 세상에 영원한 건 없는 겁니다, 후후후."

"이런 미친 새끼!"

노형진이 간 후, 로이 젠달은 다급하게 NBA의 중진을 모아서 회의를 시작했다.

상대방은 마이스터의 대리인으로 온 사람이다.

그런 그가 이대로 그냥 넘어갈 것 같지는 않다.

"분명 그 노형진이라는 남자는 마이스터의 대리인 명함을 내밀었습니다. 그러니 마이스터와 미다스의 대리인이라고 생각할 수밖에 없겠지요."

"하지만 도대체 왜 온 겁니까?"

"그는 우리가 중국에 무릎을 꿇은 것에 대해 불만이 많은 모양이더군요."

"그에 대해 불만이 없는 사람도 있답니까?"

누군가의 말에 로이 젠달이 무서운 눈빛으로 노려보았다. 자신과 반대파에 있는 이사였다.

"젠커슨 이사, 할 말 있습니까?"

"제가 중국에 그냥 침묵을 지키자고 했지요? 그냥 단장의 개인 의견이며 NBA의 공식적인 의견은 아니라고 하는 수준에서 끝내자고요. 그런데 NBA에서는 어떻게 했습니까?"

단장에게 사과를 강제하고 협회 차원에서 중국에 사과하면서 설설 기었다.

"그로 인해 국민들이 들고일어나고 의회까지 들고일어난 상황입니다. 그런데 그건 또 무시하고 있고요. 어쩌자는 겁니까?"

"어차피 그런다고 해서 의회에서 우리한테 뭐라고 할 수 있는 것도 아니지 않습니까?"

현실적으로 이런 걸로 청문회를 할 수도 없고 NBA 임원들을 체포할 수도 없다.

"보복할 수 있는 중국의 눈치를 보는 건 당연하죠."

"맞습니다. 걸린 돈이 얼만데."

"돈이 문제가 아니지 않습니까?"

"시끄럽소! 어차피 끝난 일이오!"

애초에 사과에 반대하는 파는 소수였다. 당연히 그들의 말은 귀에 들리지도 않았다.

"일단, 미다스가 뭔가를 하기는 힘들 겁니다."

"그건 그럴 거요. 미다스가 NBA에 지분이 있는 것도 아니고."

다른 사건이라면 모를까, NBA는 강력한 힘을 가지고 있다. 그러니 설사 미다스가 항의한다고 해도 항의로 끝날 것이다.

"그러니까 무시하는 걸로 합시다."

"그나저나 이 상황을 봐서는 미다스가 미국인이 맞는 모양인데."

"하긴, 미다스의 행동을 보면 상당히 국수주의적인 부분도 있고……."

"국수주의요? 글쎄요. 제가 봐서는 진보 쪽 같은데요. 다만 중국과 일본에 적대적이다 정도."

몇 시간을 회의했지만 결국 답은 무시하는 걸로 정해졌다. 어차피 미다스가 공격하지 못할 거라는 걸 알고 있으니까.

소수파는 지금이라도 대국민 사과라도 해야 한다고 주장했지만 누구도 그 말을 들어 주지 않았다.

"그나저나 중국에 대한 반감이 깊어지고 있어서 문제이기는 합니다만."

"중국에 대한 반감도 반감이지만, 중국에서 미국에 대한 반감을 가지고 있는 것도 심각합니다. 어차피 미국이야 우리 아니면 누구를 보겠습니까마는, 중국은 그게 아니니."

"선수단을 데리고 중국을 한번 순회하는 건 어떨까요? 사과 여행 같은 거 말입니다."

"이 시국에?"

"뭐, 방역을 잘 관리하고 있다고 하니 어떻게 보면 미국보다 훨씬 더 안전하지 않겠습니까?"

"하긴, 거기는 확진자가 백 명도 안 된다고 하니."

이제 몰락 단계에 들어간 미국을 버리고 중국으로 갈아탈 생각을 하는 NBA 이사진.

그들이 이 팬 서비스를 거의 확정할 때쯤, 갑자기 문이 벌컥 열렸다.

"뭔 일이야?"

"국장님! 큰일 났습니다!"

"큰일?"

"지금 뉴스를…… 어서!"

직원은 들어오자마자 다급하게 TV를 켰다.

그러자 TV에서 속보라는 자막이 흐르면서 하이드 맥핀이 서 있는 모습이 보였다.

―그러니까 지금 NBA는 중국을 찬양하기 위해 미국을 버렸다는 말인가요?

―그렇습니다. 제가 지금 녹음한 파일을 틀어 드렸는데, 해당 파일은 원본입니다. 편집되지 않았고요. 그리고 들으셨겠지만, 저희는 분

명 외부에 공개하겠다고 미리 말하고 녹음한 내용입니다.

　-그런데도 중국 사과 사태에 대한 언급을 피했다는 거군요.

　-현 상황에서 중국이 미국에 한 짓거리는 너무나 명확합니다. 그로 인해 수억 명이 고통받고 수백만 명이 죽어 나가고 있습니다. 이건 전쟁입니다. 우리의 가족이, 우리의 형제와 친구가 전쟁터에서 중국이라는 나라 때문에 죽어 가고 있습니다. 그런 상황에서 NBA는 돈 때문에 하느님과 미국의 신념인 자유를 버리고 철저하게 국민들을 기만했습니다.

"이런 미친!"

그걸 보고 로이 젠달은 기겁했다.

물론 외부에 공개한다고 사전에 이야기를 듣긴 했다. 하지만 설마 기자회견을 할 줄은 몰랐다.

"저걸 저렇게 깐다고?"

물론 녹음한 파일이 문제가 될 거라고는 예상했다. 그리고 그걸로 미다스나 마이스터가 협상해 올 거라 생각했다.

가령 NBA의 지분이라든가 하는 걸 두고 말이다.

그런데 그걸 기자회견으로 깐다니?

"저 새끼들 뭐 하자는 거야!"

"아니…… 일단…… 기자회견을 막아!"

"지금 생방송입니다! 못 막아요!"

그리고 열린 문틈으로 밖에서 전화벨이 미친 듯이 울리는 소리가 들려왔다.

　로이 젠달에게는 그 소리가 마치 지옥의 찬가처럼 들렸다.

　ー그러면 이걸 이렇게 공개한 이유가 뭡니까? NBA의 부도덕함을 성토하기 위함인가요?

　ー물론 그렇습니다. 사실 저희도 NBA 측과 이야기해서 적당한 선에서 협상하려고 했습니다. 미국의 역사와 전통이 있는 곳 아닙니까?

　ー그럼 보복인 거군요.

　ー보복이 아니라, 미국을 보호하기 위함입니다. 중국은 사상을 통제하기 위해 SNS를 이용했습니다. 그리고 그 첨병이 NBA고요. 이는 명백한 미국에 대한 침략 행위입니다. 우리는 미국을 지켜야 합니다. 그래서 우리는 어쩔 수 없는 선택을 하고자 합니다.

　ー어쩔 수 없는 선택이라고 하신다면?

　ー새로운 프로 농구 리그를 만들 생각입니다.

　그 순간 NBA 사무실에는 침묵이 내려앉았다.

　그리고 그 공간을 채우는 것은 미친 듯이 울리는 전화벨 소리뿐이었다.

⚖

　"NBA에서 계속 접촉을 시도하는데 어떻게 할까요?"

"무시하세요."

노형진은 흘러가는 창밖 풍경을 보면서 말했다.

"아직은 그들이 쫄리게 만들어야 합니다."

"그나저나 새로운 리그라니, 생각도 못 했네요."

"그게 고정관념인 거죠. 사실 NBA의 역사가 오래되었으니 그런 고정관념도 생긴 거지만요."

NBA는 1946년에 생겼다. 그동안 미국에 유일하게 존재했던 리그였다.

"하지만 말입니다, 전에도 말했다시피 리그라는 건 결국 모두의 집합입니다. NBA가 강한 힘을 가진 건 리그가 그것뿐이기 때문이지요."

리그는 누구나 만들 수 있다. 하지만 개최에 필요한 막대한 자본을 감당하는 게 불가능하기 때문에 대부분은 포기한다.

"하지만 자본에서 저를 이길 수 있는 사람이 있던가요?"

"하긴…… 지금…… 공매도로 얻은 수익을 생각하면……."

코델09를 예측했기에 걸어 둔 공매도만 수백 개고, 그곳에서는 초 단위로 수익을 내고 있다.

농담이 아니라 거기서 나오는 돈만으로 충당해도 NBA를 통째로 사고도 남는다.

그래서 지금쯤 더 난리가 났을 거다.

어쭙잖은 부자가 새로운 리그를 만든다고 하면 같지도 않다고 비웃고 말 일이지만, 미다스는 어쭙잖은 부자가 아니다.

'조만간 CIA에서 뭐 하나 더 터트려 줄 거고 말이지.'

그 정도 규모의 사업을 하는 인간이 뒤가 완전히 깨끗할 수는 없다.

설사 깨끗하다고 해도, 외부에서 의심스럽다는 시선을 뒤집어씌워 버리면 되는 거다.

실제로 로이 젠달은 중국에 출장을 자주 간다. 그리고 그때마다 중국식의 거창한 접대를 거의 매일같이 받았다.

'그 정보가 CIA에 있을 줄이야. 하긴, 당연한 건가?'

물론 현실적으로 쓸 일이 없어서 쥐고 있을 뿐이었지만, 그게 터지면 어떤 일이 벌어질까?

아마 국민들의 눈에 로이 젠달과 NBA는 오입질에 눈멀어서 나라를 팔아먹은 매국노쯤으로 보일 것이다.

"더군다나 다른 리그가 만들어진 역사가 없는 것도 아니고요."

대표적인 예가 바로 미국의 프로레슬링이다.

미국에서 가장 인기 있는 스포츠 중 하나인 프로레슬링은 원래 WWE라는 단체와 ECW라는 단체가 유명했다.

하지만 결국 WWE가 승리하면서 대표적인 곳이 된 것뿐이다.

실제로 여전히 ECW는 아직 존재한다. 다만 규모가 작을 뿐.

"결국은 경쟁인 거죠. 그러니 경쟁에서 이겼다고 해서 모든 걸 마음대로 해도 되는 건 아니고요."

이것이 법이다

노형진은 싱글벙글 웃었다.

'그리고 얼마 후면 NBA는 힘이 쭉 빠지지.'

중국에서 반미국 기치를 높이 세우면서 송출을 막기 때문이다.

로이 젠달은 자신의 사과와 홍콩 발언을 한 단장을 처벌하는 것으로 사건이 무마되길 바랐겠지만, 애석하게도 그건 중국을 모르기에 할 수 있는 생각이다.

중국은 이번 사태와 관련해서 결국 NBA의 송출을 거의 차단해 버린다.

주요 결승전 정도만 중계해 주고, 선수들의 중국 활동도 확실하게 막아 버린다.

"중국은 말입니다, 협상이라는 게 없습니다. 상대방을 노예로 삼지 않으면 못 버티거든요."

아이러니하게도 그들의 국가에는 노예가 되기 싫은 자들은 일어나라고 이야기하는데, 정작 그들은 상대방을 노예로 만들기 전에는 멈추지 않는다.

"이제 NBA는 힘이 쭉 빠질 겁니다."

수익의 거의 절반을 차지하던 중국이 날아갈 게 뻔하니까.

원래 역사에서는 그래도 미국에 빌붙어서 버텼겠지만…….

'누구 마음대로.'

이번에는 노형진이 가만둘 생각이 없다.

"그런데 말입니다, 미스터 노."

"네?"

"이해가 안 가는 게 있는데요. 왜 갑자기 자유주의동맹 쪽에 자금을 밀어준 겁니까? 그쪽을 싫어하지 않았나요?"

자유주의동맹. 지금은 힘이 빠진 곳이다. 그리고 얼마 전에는 노형진이 때려부수려고 했던 곳이다.

왜냐하면 자유를 핑계 삼아서 마스크 착용 금지와 방역 금지를 주장하고 다녔기 때문이다.

"아, 거기요?"

"네. 거기를 싫어하신다고 생각했습니다만."

"제가 거기를 싫어하지는 않습니다. 다만 남의 목숨을 가지고 장난치는 게 마음에 들지 않았을 뿐이죠."

하지만 이제는 그 짓거리를 못 한다.

중국에서 그런 식으로 미국에 생화학 테러를 하고 있다는 소문이 돌기 시작하자 마스크를 안 쓰고 다니면 빨갱이라고 신고당하는 세상이 왔기 때문이다.

물론 자유주의동맹 입장에서도 돌아 버릴 지경일 것이다.

아마 그들에 대한 신고가 수백 건은 될 테니까.

실제로 FBI가 그들을 탈탈 털고 있는 상황이다.

"그래서 그들을 밀어준 겁니다."

"네? 어째서요?"

"그들은 멍청한 선택을 한 것뿐 가치가 없는 건 아니거든요. 사상이라는 게 그런 겁니다. 극단적인 게 문제인 거지,

모든 사상이 통제되는 건 공산주의 국가죠."

"그거랑 이번 일이 무슨 상관이 있는지……."

노형진은 그 말에 씩 하고 웃었다.

"간단합니다. 자유주의동맹이 살아야 하니까요."

빨갱이 집단이라는 의심을 받고 있는 자유주의동맹이다. 당연히 그로 인해 후원금이 부족해졌고 조직의 힘이 빠졌다.

하지만 그렇다고 해서 그들이 당장 무너질 만큼 힘이 없는 조직인 건 아니다.

"그들은 현재 자신들에게 뒤집어씌워진 오해를 풀고 싶어 합니다. 특히 그 '빨갱이'라는 오해를요. 자유주의동맹이라는 이름인데 빨갱이라고 하면 그것만큼 억울한 게 어디 있을까요?"

"그런데요?"

"그런데 미국은 중국과 절대로 전쟁 못 합니다. 기 싸움이야 하겠지만, 두 나라가 전쟁을 하면 3차대전입니다. 아마 핵을 동반할 가능성이 크겠지요."

전쟁 자체는 분명 미국이 유리할 것이다.

문제는, 중국이 패배를 순순히 인정할 나라가 아니라는 거다.

아마 질 것 같다 싶으면 전 세계를 향해 미친 듯이 핵미사일을 발사할 거다.

그리고 그걸 당한 미국이 그냥 재래식무기로 싸움을 끝낼까? 그럴 리가 없다.

"그래서 경제 전쟁으로 끝날 겁니다. 그러면 그들이 중국을 어떻게 공격해야 할까요? 중국에 대한 시위? 뭐, 그거야 지금도 하고 있는 일이고."

"흠…… 그렇다면 사람들에게 체감적으로 가까운 누군가를 공격해야 할 텐데……. 체감적인…… 아, NBA 말이군요."

노형진의 말을 금방 이해한 하이드 맥핀은 놀란 표정을 지었다.

"맞습니다. 인간은 멀리 있는 가상의 적보다 가까이 있는, 눈에 보이는 적에게 더 적대감을 느끼죠."

미국 국민들은 중국이 위협적이라는 걸 이제는 알지만, 그렇다고 해서 중국과 전쟁을 벌일 거라고 생각하지는 않을 거다.

하지만 미국 내에서 중국을 빨아 주고 찬양하는 스포츠 단체라면?

"충분히 공격 대상이 되지요."

그리고 자신들이 빨갱이로 의심받는 상황이라면 더더욱 적극적으로 나설 수밖에 없다.

"자유주의동맹은 전 미국에 자리 잡은 단체입니다. 그들이 NBA를 공격하기 시작하면 어떤 일이 벌어지겠습니까?"

아마도 세상 물정 모르는 사람들은 그걸 진짜로 믿을 거다.

대부분의 정치단체들이 그렇듯 자유주의동맹은 선동하는 데에는 타고났으니까.

"NBA는 죽을 맛이겠군요."

아마 NBA는 미국 내에서 치명타를 입을 가능성이 크다.

"그리고 지금, 두 번째 카운터펀치를 칠 생각입니다."

노형진은 고개를 돌려서 커다란 빌딩을 바라보았다.

거기에는 NFL이라는 이름이 붙어 있었다.

⚖️

NFL 내셔널 풋볼 리그.

풋볼 리그라고 하면 사람들은 축구를 생각하겠지만, NFL은 미식축구 리그다.

미국에서 가장 인기 있는 스포츠 네 개는 바로 미식축구와 야구 그리고 농구와 아이스하키다.

그중에서 가장 인기가 있고 세계적으로 유명한 건 농구다.

'그리고 NFL은 중국에서 자유롭지.'

그럴 수밖에 없는 게, NFL은 현실적으로 중국에 진출할 수가 없기 때문이다.

'애초에 농구가 왜 인기가 많은데?'

수많은 스포츠 중에서 농구가 인기가 가장 많은 이유는 기본적으로 돈이 안 드는 스포츠이기 때문이다.

전용 경기장에 전용 장비가 필요한 다른 세 개의 스포츠와 다르게 골대와 공만 있으면 된다는 점 덕분에 전 세계에서

가장 편하게 익힐 수 있는 스포츠가 농구인지라 즐기는 인구
도 많다.

더군다나 NFL은 미식축구다.

애초에 미국식이라는 이름이 붙는다는 것 자체가, 미국 말
고 다른 나라에서는 거의 즐기지 않는다는 의미다.

그렇게 미국색이 강한 스포츠를 과연 중국이 받아 줄까?

그래서 NFL은 중국의 영향을 거의 받지 않는다.

"미스터 노, 반갑습니다. 그래서, 뭘 도와드릴까요?"

NFL의 사무국장인 벤자민 홀튼은 침을 꼴깍 삼켰다.

노형진이 NBA에 가서 뭔 짓을 했는지 그도 알고 있으니
까.

'설마 우리도 그 꼴을 내려는 건 아니겠지?'

전이라면 턱도 없는 일일 것이다.

하지만 지금 NBA는 가루가 되도록 까이고 있는 상황이
다.

중국에 빌었다는 것 자체가 국민들의 자존심을 자극했기
때문이다.

"아, 그렇게 겁먹지 마세요. 설마 제가 NBA에서와 같은
소리를 하려고 왔겠습니까, 하하하. 애초에 NFL은 중국 진
출도 하지 않았는데요."

"그럼요, 하하하."

노형진은 불안해하는 벤자민 홀튼에게 편한 미소를 보여

줬다.

같은 미소라도 빈정거리는 미소와 편한 미소는 완전히 다르다.

그걸 알기에 벤자민 홀튼은 속으로 안도의 한숨을 내쉬었다.

하지만 다음 순간 그는 다른 의미에서 굳어 버렸다.

"저의 미다스께서는 미국에 충성하고 계십니다. 아시죠?"

"알죠. 이번에 NBA의 황당한 짓거리에 분노하시는 걸 보니까 그 충성심이 얼마나 강한지 알 것 같더군요."

"맞습니다. 그리고 그 때문에 한편으로는 NFL에 대해 걱정도 하고 있습니다."

"네? 하지만 저희는 중국과 거래가 거의……."

"아니요. 그런 게 아닙니다. 미다스가 걱정하는 것은 중국과의 거래가 아니라 NFL의 미래 그 자체입니다."

"무슨 말씀이십니까? 대체 리그라도 만드시겠다는 겁니까?"

"아니요. 그럴 리가요. 미다스께서는 이렇게 전해 드리라고 했습니다. '코렐09로 인해 모든 스포츠가 정지될 것이다.'라고."

"모든……요?"

"네, 모든."

그 말에 벤자민 홀튼의 눈동자가 흔들렸다.

'모든'이라니?

"아니, 왜요? 그럴 이유가 없지 않습니까?"

방역에 대해 모르는 그는 다급하게 되물었다.

혹시나 미다스가 잘못 안 건 아닐까 했다.

하지만 그렇다고 해서 현실을 부정할 수는 없었다.

"코델09바이러스가 극심하게 번지고 있습니다. 방역할 때 가장 기본은 바로 접촉의 차단입니다. 중국에서 시위를 유도하고, 또 마스크를 쓰지 않도록 시위하게 한 이유가 뭐겠습니까?"

"으음…….'

당연히 접촉을 늘리고 감염을 늘리기 위해서다.

"그리고 그건 스포츠에 치명적입니다."

"허억!"

그럴 수밖에 없다.

벤자민 홀튼은 순간 숨이 턱 막혔다.

맞다. 스포츠 경기라는 건 수만 명이 모여서 보는 거다.

방역 기준으로 본다면 이건 미친 짓이다.

더군다나 경기장이라는 공간은 사람이 밀집할 수밖에 없는 구조다.

"조만간 모든 스포츠 경기의 중지 명령이 떨어질 겁니다."

"그런 일이…….'

결코 무시할 수 없는 소리였다.

다른 사람도 아닌 미다스다. 예언이 단 한 번도 틀린 적이 없는 투자자.

그가 따로 말까지 전했다면 100% 벌어질 일이라고 봐야 한다.

"그건 NFL 역시 마찬가지일 테고요."

"……."

스포츠로 인한 수익이 끊어진다? 그러면 NFL은 망한다.

잠깐은 버틸 수 있겠지만 그 상황이 장기간 지속되면 진짜 망한다.

게다가 NFL만 망하는 게 아니다.

미식축구 선수들의 몸값이 한두 푼이던가? 경기를 안 한다고 해서 돈을 안 줄 수는 없다.

당연하게도, 그들을 데리고 있는 각 구단 역시 쓰러질 가능성이 크다.

"그러면 우리는……."

"그래서 찾아온 겁니다. 같이 살 방법을 찾기 위해서요."

"같이 살 방법이라고 하시면……?"

"관중은 포기하셔야 합니다. 그건 어쩔 수 없습니다."

"……."

관중 수익은 무시할 수 없는 수준이다. 하지만 그렇다고 다른 것까지 다 포기할 수는 없다.

"그러면 어떻게 해야 합니까?"

"간단합니다. 흑자를 포기하고 적자로라도 해야지요. 무관중을 받아들이는 대신, 송출을 통한 판매 수익으로 버텨야 합니다."

"송출요?"

"네. 코델09바이러스 때문에 사람들이 모이지 못하는 게 스포츠만은 아니지 않습니까?"

"아, 그건 그렇기는 한데……."

당연히 송출에 관련된 돈은 이미 받고 있다.

문제는, 그걸로 NFL 리그를 이끌어 가는 건 불가능하다는 거다.

"그런 의미에서 제안을 드리러 온 겁니다. 미다스가 네트 웍플러스의 대주주라는 건 아시죠?"

"그건 압니다."

"그런 의미에서 말입니다, 어떻게 보면 NFL의 오랜 숙원을 이룰 수 있는 기회일 수도 있습니다."

"NFL의 오랜 숙원?"

"해외 진출 아닌가요?"

"맞습니다."

NFL의 숙원 중 하나가 바로 해외 진출이다.

NBA가 전 세계에서 벌어들이는 어마어마한 수익으로 인해 잘나가자 다른 곳들도 시도하려고 했다.

하지만 그게 쉽지 않았다.

미식축구나 아이스하키는 워낙 다른 나라에서 큰 인기가
있는 게 아니기 때문이다.

그나마 야구가 좀 나은 정도?

그래 봤자 농구는 못 이기지만.

"그러니까 이번에 네트웍플러스를 통해 해외 진출을 해 보
는 게 어떨까요?"

"하지만…… 음…… 저희는 이미 송출 계약이 되어 있고,
그리고…… 아까 말씀하신 대로 스포츠 경기가 모두 중단된
다면……."

당연히 모든 게 불가능해진다.

"압니다. 그래서 드리는 말씀입니다. 만일 충분한 방역을 기
반으로 해서 시합 자체만이라도 진행할 수 있다면 어떨까요?"

"방역요? 하지만 마스크도 못 구하는 판국인데요."

"한국에는 마스크 재고가 충분합니다."

마스크뿐만이 아니다. 지금 전 세계에 주요 병원들과 방역
은 한국에 제공하는 방역용품으로 버티다시피 하고 있다.

컨테이너 격리 시설, 마스크, 소독약 등등.

"송출만이라도……."

확실히 송출이라도 할 수 있으면 흑자는 못 봐도 적자는
피할 수 있을 테고, 설사 적자를 본다고 해도 그 피해를 최소
한으로 줄일 수 있을 것이다.

"물론 네트웍플러스의 경우 생방송은 못 하겠지요. 하지

만 상관있나요?"

송출이라는 건 생중계가 기본이다. 당연하다.

이미 결과가 나온 시합을 누가 보겠는가?

그래서 스포츠 중계는 기본적으로 생방송으로 나간다.

그렇다 보니 그 가격이 어마어마하게 비싸다.

"하지만 그건 어디까지나 미국의 경우입니다."

"미국만의······."

미국에서야 그 경기의 소식이 뉴스에 나오니까.

하지만 다른 대륙은 어떨까? 유럽이나 아시아에서 과연 그 결과를 알까?

찾으려고 한다면 찾아볼 수 있겠지만, 그걸 찾아 가면서 볼 사람은 그다지 없을 것이다.

"더군다나 말입니다, 어차피 현장 송출이 아니라면 작년이나 재작년 영상도 쓸 수 있죠."

이제는 상품성이 거의 없는 오래전 시합 영상들.

현실적으로 미국에서도 그걸 재방송으로 틀어 주는 경우는 드물다.

당장 올해 시합이 있는데 굳이 작년, 재작년 재방송을 틀어 줄 이유가 없는 것이다. 그건 어딜 가나 마찬가지다.

"하지만 다른 나라는 다르죠."

그 말에 벤자민 홀튼은 눈을 반짝였다.

확실히 가능성이 있었다. 미식축구는 다른 나라에 그리 알려지지 않았으니까.

"물론 그 수익이 송출보다는 적을 겁니다. 하지만 지금 상황에서 중요한 게 뭔지는 아시지 않습니까?"

"버티는 거죠."

버텨야 한다. 어떻게 해서든 버텨야 살아남을 수 있다.

그걸 벤자민 홀튼도 알고 있다.

이미 코델09바이러스로 인해 몇 번이나 회의했고, 해결책은 버티기뿐이었다.

"후우……."

그나마 숨통이 트일 계획이 생기자 그는 자신도 모르게 안도의 한숨을 내쉬었다.

"물론 공짜는 아니실 테고……. 원하시는 게 있습니까? 혹시 새로 창립하는 리그의 지지 선언 같은 걸 원하시나요?"

그도 이 자리에 올라오기까지 별의별 일을 다 겪은 사람이다. 당연히 이런 게 공짜일 리가 없다는 걸 안다.

'지지 선언 같은 건 좀 곤란한데.'

아무리 그리 관련이 없다 해도 NFL이 전면에 나서서 설치는 건 그다지 좋은 일이 아니다.

"에이, 설마요. 그런 무리한 요구를 할 생각은 없습니다."

노형진은 확실하게 선을 그었다.

NFL뿐만 아니라 다른 곳들에도 무리한 요구는 하지 않을 생각이다.

'물론 그렇지 않다고 해도 바뀌는 건 없지만.'

사실 결과는 같을 거다. 그러니 굳이 NFL에 부담을 줄 필요는 없다.

"제가 원하는 건 간단합니다. 미국에 대한 충성을 보여 주세요."

"미국에 대한 충성요?"

"아까 말씀드렸다시피 모든 스포츠 경기는 조만간 중단될 겁니다. 강제 중단되기 전에 먼저 자발적으로 하시죠."

그 말에 벤자민 홀튼은 멍하니 노형진을 바라보았다.

⚖️

─NFL에서는 미국의 현 코델09바이러스 사태에 대해 우려를 금치 못하고 있습니다. 스포츠로써 우리가 이룩한 모든 것에는 팬들의 지지와 미국의 지원이 있다는 걸 알고 있습니다. 당연히 저희 NFL에 가장 중요한 것은 승리도, 돈도 아닙니다. 우리 팬들의 존재와 자유민주주의국가로서의 미국이라는 가치입니다. 그걸 지키기 위해 NFL에서는 모든 경기를 무관중으로 진행하겠습니다. 송출 자체는 진행됩니다만, 혹시 모를 사태에 대비하기 위해서입니다. 하느님께서 미국을 지켜 주시길.

어차피 맞을 예방접종이라면 자발적으로 맞는 게 낫다는 게 벤자민 홀튼의 결론이었고 그건 다른 곳들도 마찬가지였다.

    -MLB 역시 이번 코델09 시국에 질병을 통제해야 한다는 점에서
적극 방역에 동참하는 바입니다. 이를 위해서…….
    -NHL에서도 방역을 위해 무관중 시합을…….

    연달아 터지는 발표.
    그러나 단 한 곳, NBA만 그 발표가 없었다.
    당연하다. 노형진이 다른 곳에는 다 갔지만 NBA에만 안
찾아갔으니까.
    당연히 NBA에는 최소한의 정보도 없었다.
    어차피 노형진의 새로운 리그는 아직 없는 상황이니만큼
뭐라고 할 이유도 없었고 말이다.
    하지만 혼자서 입 닥치고 있다는 건 NBA 입장에서는 상
당히 곤란한 일이었다.

    -NBA만 입 닥치고 있네.
    -중국 빨더니 NBA는 빨갱이가 먹었나 보네.
    -그런 듯.
    -NBA 새끼들아, 이럴 거면 중국 가서 시합해. 이 새끼들아.
    -이 정도면 NBA는 국가 전복 세력 아냐? 빨갱이한테 돈 받고 생
화학 테러 하는 거 아니냐고.

-자유민주주의의 적인 NBA를 몰아내자!

　다른 곳들과 다르게 NBA만 침묵을 지키자 국민들의 여론
은 더 나빠졌다.
　"이걸 어쩐다."
　당연히 NBA에서는 예상치 못한 발표에 다급하게 상황을 확
인하기 위해 움직였지만, 현실적으로 방법이 마땅치 않았다.
　"지금이라도 우리도 무관중 경기를 한다고 발표해야 하는
거 아닐까요?"
　"그게 말이나 되느냐고! 그러면 손실이 어느 정도나 되는
지 알아? 구단에서 그걸 구경만 하겠느냐고!"
　로이 젠달은 화를 냈다.
　"막말로 무관중 경기를 한다는 것 자체가 구단을 버리겠다
는 건데……."
　이들이 이렇게 말하는 이유는 간단하다. 전송료는 리그가,
입장료는 구단이 가지고 가는 게 일반적이니까.
　구단과 리그의 협상에 따라 비율이 정해지긴 하지만 그래
도 일반적으로 입장료는 구단이 가지고 간다.
　그 비중이 절대 작지 않아서, 구단은 입장료가 없으면 운
영 자체가 불가능하다.
　그런데 그런 상황에서 갑자기 무관중 경기를 하겠다고 한
다? 이건 그냥 구단보고 나가 뒈지라는 소리다.

"도대체 이게 얼마나 오래전부터 이야기가 된 거야?"

이런 계약은 쉽지 않다.

일단 리그에서 적지 않은 중계료를 넘겨줘야 구단도 받아들일 테고, 그 외에도 그 비율에 대한 협상이나 다른 수익 모델에 대한 이야기 등 복잡한 이야기가 많다.

그렇다고 공정하게 줄 수도 없는 게, 인기 구단과 인기 없는 구단이 공존하는 데다 설사 공정하게 정한다고 해도 그걸 다 주고 나면 리그가 생존할 방법이 마땅치 않다.

"환장하겠네. 왜 이런 이야기를 나한테는 안 했느냐고!"

하지만 로이 젠달의 예상과 다르게 다른 스포츠 리그들은 생각보다 쉽게 협상이 이루어졌다.

왜냐하면 노형진이 이야기한 네트웍플러스를 통한 경기의 재방송으로 인한 수익 중 상당한 수준을 구단에 줄 생각이었기 때문이다.

리그 입장에서는 어차피 중계료는 그대로 받아서 챙길 수 있고, 구단 입장에서는 그래도 입장료를 대체할 수 있는 수익이 나온다고 하니까 동의하기가 쉬웠던 것.

그러나 NBA의 경우는 달랐다.

NBA에 네트웍플러스가 접근하지 않은 건 아니었다. 하지만 그들은 고개를 뻣뻣하게 들고 버티고 있는 상황이었다.

당연히 설마 그런 협상이 이루어졌을 거라고는 생각도 못했다.

그러니 이제야 구단 측과 협상을 시작하는데, 이게 어디 한두 번으로 쉽게 끝날 일인가?

구단별로, 지역별로 온갖 계산을 해야 한다.

"환장하겠네."

로이 젠달은 머리가 아파 왔다.

안 그래도 얼마 전 중국에서 송출의 계약을 종료한다는 통지가 왔기 때문이다.

수입의 절반을 차지하던 중국이 날아가 버려서 구단들이 비명을 지르고 있는 와중이다.

그것만 믿고 비싼 돈을 줘 가면서 스타플레이어들을 영입했는데 그게 몽땅 부담으로 돌아온 것이다.

"일단은 협상을 시작하지, 더 늦기 전에."

이렇게 된 이상 협상을 시작해서 무관중으로 하는 수밖에 없다는 생각에 로이 젠달이 이제라도 협상을 시작하려고 하는 찰나였다.

"저기…… 사무국장님."

"제발…… 회의 중에는 들어오지 말라고 하지 않았나…….
자네가 회의 중에 들어오면 심장이 떨어지는 기분이야."

부하 직원의 얼굴이 보이자 로이 젠달은 기운이 쪽 빠진 목소리로 말했다.

하나 직원도 들어오고 싶어서 들어온 게 아니었다.

"아셔야 할 게 있어서……."

"알아야 할 거라니?"

"그게…… 방금…… 정부의 발표가 있었는데……."

"정부 발표?"

"무관중 시합을 제외한 모든 스포츠 경기를 중지한다고……."

"뭐? 그게 무슨 소리야?"

"말 그대로입니다."

미리 무관중으로 대비할 만큼 충분히 방역이 준비된 곳을 제외한 다른 스포츠들은 무관중으로 시합 진행이 가능해질 때까지 모든 시합을 정지시킨다는 발표.

그 말에 로이 젠달의 손에서 서류가 툭 떨어졌다.

⚖️

"정부가 타이밍을 맞춰서 움직여 주다니 의외네요."

정부의 발표가 적혀 있는 신문을 보면서 하이드 맥핀은 신기하다는 듯 말했다.

세 개 스포츠가 무관중으로 한다는 발표를 한 지 얼마 지나지 않아 미국 정부가 무관중 방역 지침을 완비한 스포츠를 제외한 모든 스포츠 경기를 중단시켰기 때문이다.

"아, 그거요? 사실 도널드 올드먼이 NBA에 벼르고 있었거든요."

"네? 그게 무슨 소리입니까?"

"모르셨나 보군요? 둘 사이가 좋지 않은 건 유명합니다만."

"그래요? 아, 저야 뭐 스포츠를 즐기는 타입이 아니라서요."

"하하하, 하긴, 변호사들 대부분 그렇죠. 둘 사이는 진짜 안 좋습니다."

NBA는 기본적으로 민주 진영에 가까운 성향을 보이고 있다. 실제로, 공개적으로 도널드 올드먼에 대한 불만을 이야기한 적이 있을 정도다.

"그게 사실 좀 심하다 싶을 정도예요. 거의 정치적 올바름을 주장하는 수준이니까."

"정치적 올바름요? NBA가요?"

"네, 그래서 웃긴 거죠."

입으로는 정치적 올바름을 주장하면서 도널드 올드먼을 차별 주의자라고 공격하는 NBA가 정작 중국의 홍콩 시위 무력 진압과 티베트 점령에 대해서는 입을 꾹 다물고 있기 때문이다.

"그래서 도널드 올드먼도 NBA라면 이를 박박 갑니다."

차라리 진보 쪽이라면 사상적 충돌이라고 넘어갈 수도 있다.

하지만 돈이 되는 곳에서는 입을 다물면서 돈이 안 되는 자신은 공격하는 꼴을 보고도 하하 웃을 도널드 올드먼이 아니었다.

"그래서 제가 보고서를 올릴 때 부탁해 놨지요."

다른 곳들이 무관중 시합을 결정하고 발표하면 주저하지 말고 스포츠 경기를 막아 버리라고.

"그리고 그편이 도널드 올드먼 행정부에는 부담이 덜하고요."

"하긴, 그건 그렇겠네요."

정부에서 힘으로 '하지 마.'라고 하면 미국인들의 특성상 '너희가 뭔데!'라며 길길이 날뛸 게 당연하다.

하지만 이번 경우는 먼저 세 곳의 스포츠 리그에서 '안전을 위해 일단 우리가 손해를 보더라도 참겠습니다.'라고 나선 거고, 그걸 도널드 올드먼 행정부에서 '야, 저 세 곳은 저렇게까지 하는데 다른 곳들도 좀 참아 주면 안 될까?'라는 식으로 접근한 거다.

당연히 사람들이 느끼는 거부감이 적을 수밖에 없다.

"그런데 언제 이런 곳까지 가신 겁니까?"

세 곳이 무관중 발표를 하고 얼마 지나지 않아 전미권투협회나 전미테니스협회 같은 곳도 연달아서 무관중 발표를 했다. 오로지 NBA만이 버티고 있는 상황.

"안 갔습니다. 하지만 저들도 눈치를 보는 거죠. 지금 상황이 안 좋으니까."

현실적으로 지금 나라 꼴이 이 상황인데 관중을 동원하는 데에는 한계가 있다. 그러다 보니 그들 입장에서는 동조하는 수밖에 없는 거다.

"거기다 권투나 테니스 같은 건 애초에 관중의 비중이 큰

것도 아니고요."

구단이 있는 것도, 리그처럼 고정된 일정이 있는 것도 아니다.

그래서 보통은 대전료라는 형태로 선수에게 돈을 주는데, 대전료는 송출료에서 나온다. 그런 일대일 스포츠는 관중의 숫자가 많지 않으니까.

그렇다 보니 상대적으로 협상이 쉽다.

그러나 구단 서른 개가 엮여 있는 NBA? 협상에만 한세월일 것이다.

"물론 어쩔 수 없이 시합이야 하겠지만요."

하지만 그렇다고 해서 다 끝난 건 아니다.

시합이 끝났다고 해도 손실이 큰 구단에서 NBA에 손실 보전을 요구할 테니까.

"그리고 NBA는 그걸 받아 줄 수 없을 테고요."

'지금쯤 중국에서 손절 한 소식이 전해졌겠지.'

중계료 절반이 날아간 상황이고 NBA는 그걸 복구할 방법이 없다.

그 상황에서 중계료를 나눠 준다? 그러면 NBA는 확실하게 손해를 보게 된다.

아무리 리그가 구단들이 집결된 곳이라 해도 결국은 이익 집단.

그런데 NBA가 자기네 손해를 감수하고 돈을 구단에 줄까?

'그럴 리가 없지.'

결국 두 집단의 사이가 안 좋아질 건 뻔하고, 그 틈을 파고 들어 갈 가능성은 더더욱 커진다.

'그리고 그때가 기다리는 순간이지.'

NBA? NBL!

협상은 개판이었다. 개판이 날 수밖에 없었다.

"지금 뭐라고 했소? 손실분 보전을 못 해 준다고?"

"우리가 손실을 보는 것도 아니고."

"아니! 말이 되는 소리요? 시합할 때마다 우리가 보는 손실이 얼만데!"

구단에서 선수에게 주는 돈은 연봉만이 아니다.

시합할 때마다 계약에 따라 주는 경우도 있고 골의 개수에 따라 주는 경우도 있다.

그런 건 무관중이고 나발이고 무조건 줘야 하는 거다.

당연히 구단 입장에서는 시합이 계속될수록 점점 적자가 심해지는 꼴이 된다.

"우리 계약서에 따르면…….”

"계약서고 나발이고!”

"우리 계약서에 질병이 돌 때에 대한 이야기가 있느냐고!”

당연히 없다.

누가 그런 상황을 예상하고 계약서를 작성하겠는가?

"하지만 계약이라는 건 지키라고 있는 겁니다.”

"말이 안 되잖아! 그러면 우리는 망하라고?”

"구단에서 그동안의 수익을 이용해서…….”

"그러면 리그는? 리그는 그동안 번 돈 다 어쨌어!”

당연히 자기들끼리 수익을 분배하느라 남은 게 없다.

"말이 안 되잖아. 우리는 그러면 어쩌라고? 안 그래도 상품들 판매량이 확 줄었는데.”

비록 삽질은 NBA가 했다지만 직접적으로 NBA에 대해 항의하거나 불매운동을 할 방법은 없다.

웃기지만 현실이 그렇다.

NBA는 리그이지, 직접적으로 팬에게 뭔가 하는 곳이 아니니까.

그러나 대부분의 팬은 그걸 모르고 항의 차원에서 NBA 관련 물품을 구입하지 않는 불매운동을 진행했다.

안 그래도 코넬09로 인해 심각한 피해를 입고 있던 구단 입장에서 그건 심각한 타격으로 다가왔다.

그런 상품을 팔아서 나는 수익은 NBA가 아닌 구단에 돌아가기 때문이다.

"당신들이 삽질한 건데 왜 우리가 손해를 봐야 하느냐고!"

"그건 우리 잘못이 아닙니다. 그런 발언을 하지 말았어야 지요."

"아니, 여기 자유주의국가 아닌가? 우리가 뭔 말을 하든 그건 우리 마음 아니야?"

"그걸 떠나서, 단장은 왜 자른 거야?"

"자기가 책임지고 물러난 겁니다."

"지랄하네."

이들도 바보는 아니다.

단장은 원하지 않았지만 NBA에서 압력을 행사해서 물러 난 건 다 아는 사실이었다.

물론 이 정도 문제가 생겼다면 물러나는 게 맞다. 그건 그 들도 안다.

문제는 그게 자발적이지 않았다는 것이다.

책임지고 물러나는 거야 그렇다 쳐도, 그 결과에 이르기까 지 중국에서 NBA 사무국에 전화해서 온갖 지랄을 하고 NBA 사무국에서 구단에 전화해서 지랄했기 때문이다.

"그렇게 해서 쫓아냈으면 제대로 상황을 해결이라도 하든 가."

그러면 이해라도 한다.

하지만 결국 중국에서 NBA 중계를 막아 버렸다. 그리고 당장 무릎을 꿇고 빌라고 우기고 있다.

"우리가 왜 그딴 꼴을 당해야 하는데!"

문제는 그거다.

이미 NBA는 중국에 무릎을 꿇고 싹싹 빌었다. 하지만 중국이 원하는 건 NBA뿐만이 아니라 속한 구단의 사과와 공산당 찬양이었다.

이건 전혀 다른 문제다.

미국에서 스포츠 스타는 일종의 롤 모델이자 영웅이다.

그런데 중국은 지금 전혀 상관없는 걸로 꼬투리를 잡아서 그들을 이용해 중국을 찬양하라고 압박하고 있는 거다.

돈 때문에 입을 다물 수는 있다. 그건 어쩔 수 없다.

실제로 기자들이 이 건과 관련해서 질문을 던졌을 때, 농구 관련자들은 하나같이 눈치를 보면서 입을 다물었다.

그럼에도 불구하고 중국은 송출을 막았다.

그 말은 중국을 찬양하고 동조하라는 소리다.

"우리가 왜 그런 꼴을 당해야 하는 건데!"

"중국이라는 시장을 무시할 수는 없지 않습니까?"

"아까부터 시장 시장 하는데, 그래서 그 시장이 어떻게 되었는데? 어?"

그 말에 로이 젠달은 할 말이 없었다.

실제로 중국에서 송출을 막는 바람에 자신들이 코너에 몰린 상황이었다.

이것이 법이다

'환장하겠네.'

원래 역사에서는 NBA에 이런 일이 없었지만, 노형진이라는 존재가 끼어들면서 바뀌어 버린 역사에서는 말 그대로 낭떠러지로 밀려나고 있었다.

⚖

그 시각, 노형진은 맨해튼 워리어즈에 찾아가 있었다.

맨해튼 워리어즈는 이번 사건이 벌어진 구단이다. 그래서 NBA에 단단히 찍혀 버린 상황이었다.

그런 맨해튼 워리어즈의 신임 단장인 워렌 화이트는 노형진의 말을 진지하게 듣고 있었다.

"새로운 리그인 NBL에 들어오라 이 말씀이죠?"

"네. 어차피 NBA에서는 사실상 팽당할 분위기 아닌가요?"

"하긴, 그렇기는 하죠."

물론 전임 단장이 말실수를 한 건 사실이다. 하지만 그걸 꼬투리 잡아서 말도 안 되는 요구를 한 건 중국이다.

미국인 입장에서는 그게 이해가 가지 않을 수밖에 없다.

"하지만 우리가 간다고 해서 뭐가 바뀔지……. 엄밀하게 말하면 우리만 가는 건 아무 의미 없지 않습니까? 그리고……."

워렌 화이트는 순간 제대로 말을 잇지 못하고 주저했다.

그리고 그걸 보면서 노형진은 씩 웃었다.

"압니다. 수익이 문제가 될 거라고 생각하시는 거죠?"

"솔직히 말하면 그렇습니다. 지금 미국은 NBA가 완전히 다 잡고 있습니다. 그런데 NBL이라는 새로운 리그가 생긴 다고 해서 그쪽으로 사람들이 몰릴지……."

손뼉도 마주쳐야 소리가 난다고 했다.

농구는 경기다. 당연히 상대방이 있어야 한다.

맨해튼 워리어즈를 청팀 백팀으로 나눠서 시합할 수는 없 지 않나?

"압니다. 하지만 다른 곳들도 오게 될 겁니다."

"어째서요? 단순히 지금 분위기가 NBA에 불리해서요? 시 간이 지나면 결국 원래대로 돌아갈 겁니다."

"지금이 평범한 상황이라면 그러겠지요."

원래 역사에서는 그랬다. 하지만 이번에는 그렇게 되지 않 을 거다.

"지금 이 시국에 구단들이 돌아갈 수 있을까요?"

"네?"

"구단 말입니다. 솔직히 말해서 저는 코델09가 쉽게 사라 지지 않을 거라고 생각합니다. 백신이 나오기까지 못해도 3 년은 걸릴 테고요. 아마 계속해서 변종이 나타나면서, 코델 09는 아주 오랫동안 살아남을 겁니다."

"……."

"그 상황에서 과연 각 구단들이 살아남을 방법이 있을까요?"

팬층에게 빨갱이로 찍혀 버린 NBA와 같이 일하면서 상품을 판매하기를 원한다면 확실히 무리다.

더군다나 이 무관중 시합이 언제까지 이어질지 알 수가 없다.

"하지만 미스터 노는 그걸 해 줄 수 있는 것처럼 말씀하시는군요."

"불가능하지는 않지요."

노형진은 씩 웃었다. 자신이 있으니까.

"마이스터와 미다스입니다. 그들이 실패한 적이 있던가요?"

"……."

그 말에 워렌 화이트는 묘한 표정이 되었다.

확실히 마이스터는 승률이 제법 높은 편이다.

미다스? 이제 사람들은 미다스의 성공에 놀라지 않는다.

도리어 미다스에게 실패라는 것이 가능하긴 한지 궁금할 지경이다.

슬슬 미다스가 코델 바이러스가 돌 걸 예상하고 공매도를 했다는 소문까지 돌고 있다.

사태 초기에 한 것도 아니다. 아예 3년 전쯤부터 공매도해 둔 곳도 있었다.

이제 미다스는 단순히 돈 잘 버는 투자자를 넘어서 거의 예언자 취급을 받고 있었다.

"확실히 미다스가 예언은 잘합니다만……."

"예언이 아닙니다. 돈이 문제지."

"돈요? 무슨 돈요?"

"NBL은 당분간 중계료를 받을 생각이 없습니다."

"그걸 왜 안 받습니까?"

그 말에 이해가 가지 않는다는 듯 고개를 갸웃하는 워렌 화이트.

하지만 그다음 말에 깜짝 놀랐다.

"아, 오해하셨는데, 공짜로 중계해 준다는 게 아닙니다. 중계료에서 원가를 제외한 모든 돈을 각 구단에 준다는 겁니다."

"원가를 제외한 모든 돈을요?"

"네."

"아니, 왜요? 그러면 어떻게 버티시려고요?"

"말씀드렸지 않습니까, '원가를 제외한'이라고."

중계에 필요한 모든 장비의 임대료나 구입비 그리고 인건비 등등.

"나머지는 어느 정도 시장이 안정될 때까지 나눠 드릴 겁니다."

"하지만 그러면 투자자가 가만히 있을 리가…… 있겠네요."

NBA는 리그를 운영하지만 결국 회사다. 당연히 거기에 투자한 사람들이 있으니 그들에게 매년 막대한 수익금을 내 줘야 한다.

"아실 겁니다, NBA가 구단에는 돈을 안 줄지언정 투자자 들에게는 돈을 줄 거라는 걸."

"······."

그게 자본주의의 한계다.

돈을 못 받아도, 구단이 어디론가 도망갈 수는 없다.

그에 반해 투자자들이 자칫 화가 나 돈을 빼 버리면 NBA 로서는 골치 아픈 문제가 된다.

"결국 구단은 계속해서 피해를 입을 겁니다. 3년이 될지 5 년이 될지 알 수 없는 손해를 감당할 수 있겠습니까?"

"······."

결국 스포츠도 돈이 있어야 굴러간다.

그리고 그 돈이 없다면? 시장은 끝이다.

"음······."

천천히 말라 죽어 갈 것이냐, 아니면 숨통이라도 트일 것 이냐. 그건 상당히 큰 문제다.

그러나 결정적인 문제인가 하면 그건 또 아니다.

"확실히 어느 정도 가능성은 있군요. 하지만 말입니다, 미 스터 노. 고작 그걸로 구단이 NBA를 버리고 NBL로 넘어가 리라는 것은, 저는 솔직히 힘들다고 생각합니다. NBL에서 보여 준 게 없지 않습니까?"

신흥이라는 특성상 약점이 한두 개가 아니다.

홍보도 그렇고 신인 드리프트도 그렇고, 현실적으로 모든 면에서 NBA에 밀릴 수밖에 없다.

"물론 돈이 중요하기는 하지만 말입니다, 각 구단도 아예 방법이 없는 건 아닙니다. 코델09로 인한 자금 압박은 대출로 연명할 수도 있고요."

농구의 명가라고 불리는 각 구단에 그 정도 능력도 없지는 않을 것이다.

실제로 원래 역사에서 대부분의 구단은 대출을 통해 버텨야만 했다.

"그리고 원가를 제외한 모든 돈을 당분간은 구단에 준다고 하시는데, 솔직히 말하면 그 원가도 문제입니다. 신흥이라 어마어마한 홍보비가 들어갈 테니까요."

당연히 남는 돈도 그다지 많지 않을 것이다.

"아니, 남는 게 있기나 할까요?"

그렇게 되면 확실히 NBL로 넘어가는 게 도리어 마이너스가 된다.

"그렇다고 해서 미다스가 구단의 운영비를 내줄 것도 아니지 않습니까?"

"그야 그렇지요. 구입한다면 모를까."

구입한다면 모를까, 남의 회사의 운영비를 내줄 사람은 없다.

"결론적으로 말하면 NBL로 넘어갈 이유가 없습니다만?"

물론 NBA에 대항할 수 있는 경쟁 리그가 있다면 좋기는 하다. 하지만 거기에서 뛰는 건 아무래도 한계가 있다.

"그리고 현실적으로 두 가지 리그를 병행하는 건 불가능하고요."

그럴 수밖에 없는 게, NBA의 일정은 가혹하기로 소문났다. 진짜 선수가 갈려 나가는 게 어떤 건지 보여 주는 게 NBA의 경기 일정이다.

"거기다 대고 NBL의 일정까지 소화하라고 할 수는 없습니다."

NBA의 경우 정규 시즌이 25주인데 총 85경기를 치른다.

평균적으로 한 주에 서너 경기를 치르는 셈인데, 프로 시합이 얼마나 살벌하게 이루어지는지를 감안하면 진짜 선수들의 수명이 갈려 나간다고 해도 이상할 게 없는 수준이다.

"알고 있습니다."

"그렇다고 2부 리그 수준으로 만들자는 건 말도 안 될 거라는 걸 아실 테고. 그리고 이미 NBA에는 NBA-G 리그가 있습니다."

물론 2부 리그로 만들어서 싸워 볼 수는 있다.

하지만 2부 리그가 2부 리그인 데에는 다 이유가 있다.

현실적으로 각 선수들의 기량 차이도 심하고, 투자의 규모도 다르고, 팬들의 반응도 다르다.

그런데 2부 리그로 만들 걸 감안하고 NBA에 덤빈다?

그냥 말라 죽겠다는 소리다.

더군다나 이미 2부 리그가 있는데 또 다른 리그를 만든다면, 재수 없으면 3부 리그가 될 수 있다.

"알고 있습니다. NBA를 2부 리그로 만들면 모를까, 우리가 만드는 NBL를 2부 리그로 삼을 생각은 없습니다."

"그러면 어떻게 팬층을 끌어들일 생각입니까?"

홍보를 아무리 **빵빵**하게 해도, 전통처럼 인식되는 기존 리그를 그렇게 쉽게 이길 수는 없는 노릇이다.

"매카시즘을 이용하실 거라면 한계가 있다고 말씀드리지요."

매카시즘. 한국으로 치면 반공주의다.

미국이 과거에 공산당에 대해 극단적 증오와 혐오를 가지고 있었는데 그걸 매카시즘이라고 불렀다.

"매카시즘이라……"

매카시즘은 좋은 의미로 이용될 수가 없다.

애초에 매카시즘은 진짜 공산주의에 대항하는 수단이 아니라 정적 제거나 자신의 인기를 올리는 용도이기 때문이다.

마치 한국에서 특정 정당에 대해 부정적인 의견을 가지면 무조건 빨갱이로 몰아가는 것과 비슷한 게 바로 매카시즘이다.

다른 거라면, 미국은 그 매카시즘이 4년이라는 짧은 시간만에 끝났지만 한국은 분단국가라는 특성상 그 짓거리가 수십 년째 계속되고 있다는 것 정도.

"물론 중국 공산당이 위협적인 건 사실입니다. 마음에도 안 들고요. 그들이 무슨 짓을 했는지도 알고 있어요. 하지만 그렇다고 해서 매카시즘처럼 마녀사냥을 하는 건 반대입니다."

워렌 화이트의 말에 노형진은 속으로 살짝 놀랐다.

'의외네. 무조건 달라붙을 거라 생각했는데.'

하긴, 그렇게 감정적인 사람이었다면 이 위기 상황에서 단장 자리에 올라가지는 못했을 거다.

"일단 말입니다, 저도 NBA을 당장 쓰러트릴 수 있을 거라고 생각하지는 않습니다. 못해도 몇 년은 싸워야 할 겁니다."

"그래서요?"

"그러니 2부 리그에서 선수를 데리고 올 겁니다."

"하지만 2부는……."

"실력이 부족한 게 아니죠. 아시지 않습니까?"

"후우…… 그렇지요."

미국의 2부 리그는 예비 같은 개념이 아니다. 아니, 더 지랄맞다.

어느 정도냐면, 온갖 더러운 꼴을 다 당하게 한 뒤 '꼬우면 네가 위로 올라와.'라고 하는 게 2부 리그의 개념이다.

실력 차이? 그건 아주 근소하다.

실제로 2부 리그에서 뛰다가 1부 리그인 NBA 본선 리그에 올라와서 명예의 전당에 올라간 선수도 있을 정도다.

"혹시 NBA-G 리그의 실정을 아십니까?"

"알죠……."

그들의 한 해 평균 연봉은 3만 달러.

환율이 높은 미국인 만큼 절대 큰돈이 아니다. 딱 죽지만 않을 정도의 돈이다.

그에 반해 NBA 본선 리그는?

최저임금 자체가 다르다.

2부 리그에서 뛰던 선수가 급하게 올라와서 열흘간 선수로 뛴 적이 있는데, 그 당시에 그 선수가 열흘간 받은 돈이 NBA 선수 최저임금 기준 4만 5천 달러 정도.

열흘간 번 돈이 연봉의 1.5배인 거다.

"그러니까 다들 올라가고 싶어 합니다. 우리가 새로운 리그를 만든다고 하면 당연히 응할 겁니다."

"하지만 상품성이 없지 않습니까?"

"상품성은 선수가 만드는 게 아닙니다. 구단이 만드는 거죠. 아실 텐데요?"

진짜 전설적인 실력을 가진 선수가 아니라면 대부분 구단에서 어필하면서 스타로 만들어 낸다.

스타가 돈을 만들어 내는 것은 사실이지만 반대로 돈으로 스타를 만들어 내는 것도 가능하다. 엄청나게 밀어주면 된다.

"그게 첫 번째 과정입니다."

"이기지는 못할 텐데요?"

"물론 한 번에는 못 이깁니다. 알죠. 하지만 시장이 반으로 잘린 겁니다."

그렇잖아도 NBA는 지금 중국 시장이 날아가서 난리가 났다. 매출이 절반으로 줄어든 거다.

"그런데 NBA는 지금 덩치가 커질 대로 커진 상태거든요."

돈이 많으니까 무리한 요구를 하면서 미친 듯이 사세를 확장한 게 바로 NBA다.

"그들은 그 규모를 줄일 수가 없습니다."

투자자들에게는 막대한 돈을 줘야 하고, 그동안 관리하던 것도 계속 관리해야 한다. NBA는 절대 규모를 줄일 수 없다.

그에 반해 NBL은? 규모 자체가 아직은 미확정이다.

"투자 대비 수익은 NBL이 더 나을 거라는 거죠."

2부 리그 출신 선수들의 콜업인 만큼 당연히 그들에게 줄 돈도 그다지 크지는 않을 테고, 이미 있는 시설을 쓰는 것인 만큼 투자비도 없다.

'경쟁이 시작되면 불리한 건 NBA야.'

그들은 이미 커질 대로 커진 공룡. 그것도 먹이가 떨어진 공룡이다.

그에 반해 NBL은 아니다.

시장이 양분되면 결국 덩치가 큰 쪽이 먼저 굶어 죽게 된다.

"그건 나쁘지 않은 계획이군요."

2군이 제대로 운영되기 시작하면 구단은 손해가 없다.

물론 NBA에서는 눈이 뒤집어져서 지랄하겠지만.

'하지만 과연 구단이 지금 상황에서 NBA의 눈치를 볼까?'

NBA는 절대 중계료를 나눠 주지 않는다.

결국 구단은 알아서 살길을 찾아야 한다.

대출로 살 수 있다고 하지만, 대출받아서 살고 싶어 하는 사람은 없다.

그리고 1년을 대출로 살면 그걸 갚기 위해 10년에 걸쳐 일해야 한다.

"다 좋습니다. 하지만 그래도 여전히 큰 문제가 있습니다. 중계료 문제 말입니다. 현재 NBA가 미국 내 중계를 꽉 잡고 있습니다. 아무리 실력이 좋다고 해도 NBL 리그를 방송국에서 중계해 줄까요?"

"아, 그건 이미 네트웍플러스와 이야기가 되어 있습니다."

"네트웍플러스요?"

"네. NBA에 네트웍플러스가 몇 년간 중계를 요청한 건 아시죠?"

하지만 기존 방송국과의 관계 때문에 NBA는 네트웍플러스에 기회조차 주지 않았다. 그 때문에 네트웍플러스는 중계하고 싶어도 할 수가 없었다.

"하지만 NBL은 중계가 가능하죠. 시청자 숫자로는 절대 밀리지 않는다는 건 아실 텐데요?"

"그건 그런데……."

어떤 면에서는 기존 방송보다 더 많다. 왜냐하면 기존 송출은 인터넷이 아니라 방송 기준이기 때문이다.

그래서 TV가 없으면 시청도 불가능하다.

그에 반해 네트웍플러스의 경우는 언제 어디서나 인터넷만 되면 방송을 보는 게 가능하다.

"하지만 과연 다른 나라에서 어찌 볼지……."

결정적으로 가장 큰 문제가 그거다.

NBA는 어마어마한 인기를 끌고 있다. 다른 나라도 마찬가지다.

그런 상황에서 거의 알려지지도 않은 NBL이라는 걸 과연 누가 틀어 줄까?

하지만 노형진의 생각은 좀 달랐다.

"물론 NBA가 유명하지요. 하지만 그만큼 비쌉니다. 중계료가 어떻게 매겨지는지는 아시죠?"

"알죠."

중계를 한다고 해서 독점 중계료를 받는 건 아니다.

정확하게, 방송국은 독점을 하고 그걸 재송출하는 경우 그에 관련된 돈을 받는다.

가령 A방송국에서 NBA에 막대한 돈을 내고 중계료를 산다면? 그 방송국의 시청료로 과연 충분한 돈이 나올까?

당연히 안 나온다.

그 대신에 A방송국은 그 시합에 관련된 모든 재송출권을 사는 거다.

A방송국에서는 자신들이 찍는 영상을 B방송국이나 C방송국에 나눠서 팔거나, 해외의 다른 방송국에 팔아서 수익을 내는 거다.

그러다 보니 인기가 있을수록 중계료는 점점 더 비싸진다.

"하지만 해외에서 NBL 리그를 우선 상영한다면요?"

"NBL을 우선 상영한다고요?"

"네. 물론 NBA가 유명한 건 사실입니다. 하지만 미국 리그라는 게 중요한 거고, NBL은 싸죠."

더군다나 인터넷으로 바로 볼 수도 있고 말이다.

"흠……."

가난한 나라들의 방송국 입장에서는 NBA보다는 NBL 리그가 군침이 당길 수밖에 없다.

사실 그걸 중계해 주는 입장에서는 이미 너무 비싸진 NBA 리그는 부담이 된 지 오래다.

"그러면……."

워렌 화이트는 노형진이 뭘 노리는지 알아차렸다.

"말려 죽이려고 하는 거군요."

애초에 노형진은 한 번에 그들을 꺾을 수 있을 거라고는 생각하지 않았다.

하지만 중국 시장이 날아가고 미국 내에서는 반공이라는 기치 아래 저항감이 강해진 상황에서, 해외에서 NBA 리그

대신에 훨씬 싼 NBL 리그를 송출한다면?

"비대해진 NBA는 못 버팁니다."

노형진이 노린 게 바로 그거였다. 천천히 말려 가는 것.

"그리고 저는 나름의 준비를 해 왔고요."

"준비?"

노형진은 웃으면서 명단 하나를 꺼내 들었다. 그리고 그걸 워렌 화이트에게 건넸다.

"이걸 읽어 보시죠."

"이건?"

내용을 읽어 보던 워렌 화이트는 살짝 당황했다.

"이게 뭡니까? 이거 선수 명단 아닙니까?"

"정확하게는 현재 각 구단에서 가장 유명한 스타플레이어 죠. 올해 계약이 '끝나는'."

"이 사람들이 왜요?"

"우승, 해 보고 싶지 않습니까?"

그 말에 워렌 화이트는 뭔 개소리를 하느냐는 표정을 지었다.

"이 사람들을 데리고 와 주기라도 하겠다는 겁니까?"

"맞습니다."

"네? 아니, 각 구단에서 미쳤다고 이 사람들을 놔줍니까?"

스타플레이어는 한 구단을 대표하는 사람들이다.

마이클 같은 경우는 아예 구단의 얼굴이라고 할 정도로 유명한 사람이었고.

　실제로 리스트에는 현재 각 구단의 얼굴인 사람들이 대거 포진되어 있었다.

"물론 그러겠지요. 하지만 이들은 올 겁니다."

"왜요?"

"각 구단에서 돈을 못 주니까요."

"아!"

지금은 각 구단이 극단적으로 쪼들리기 시작한 시점이다.

스타플레이어를 잡아야 하지만, 그럴 돈이 없다.

"하지만 우리가 오라고 한다고 해서 올는지⋯⋯."

"하하하, 올 겁니다. 애초에 계약이 그런지라."

"계약?"

"마이스터에 인재 육성 투자 시스템이 있는 거 아시죠?"

"그건 알죠. 공부를 제외한 다른 재능이 있는 사람들을⋯⋯."

말하던 워렌 화이트가 갑자기 자리에서 벌떡 일어났다.

"설마?"

"설마가 사람 잡죠."

"도대체 몇 년을 투자한 겁니까?"

"짧아도 5년, 길면 7년 이상 투자한 겁니다."

투자 대상 중에 농구에 재능 있는 사람들이 없었을까?

당연히 있었다. 다만 현실에 부딪혀서 못 하는 사람들이었을 뿐.

물론 투자 시스템이 잘되어 있는 미국인 만큼 고등학생만 되어도 선수를 골라내서 지원하는 경우가 제법 있다.

실제로 고등학교를 졸업하면 선수는 대학에 진학할지 아니면 NBA로 갈지 선택해야 한다. 물론 NBA에 가고 싶어도 실력이 없다면 꿈도 못 꾸지만.

그런데 그 이전이라면? 아주 어려서부터라면? 가령 중학교나 초등학교 때부터라면?

날고뛰는 에이전시라도 그때부터 적극적으로 투자하는 경우는 드물다.

유럽의 축구는 유소년클럽이라는 이름으로 그런 천재에 대한 지원이 있지만 미국의 농구 시스템에는 그런 게 없다.

그래서 천재이지만 돈이 없는 사람은 결국 포기하게 된다.

노형진은 그런 사람들을 노렸다.

마치 유럽의 유소년 축구 클럽처럼, 농구 클럽에 아주 어린 천재들을 긁어모았다.

'원래 역사에도 없던 보석들이 넘쳐 났지.'

원래라면 삶에 찌들어서 운동을 포기해야 했을 천재들이 마이스터의 지원 아래 계속 운동을 해 왔다.

그리고 지금 그들은 현재 대부분 구단의 스타플레이어가 되어 있었다.

"우리는 그들에 대한 우선권을 가지고 있습니다. 정확하게는, 각 선수의 매니지먼트권이라고 표현해야겠지만요."

실제로 NBA가 모를 뿐 이 선수들을 관리하는 회사는 마이스터 산하의 매니지먼트 회사다.

"스타플레이어들이 여기로 몰려든다면 어찌될까요?"

워렌 화이트는 그 말에 혼란스러워졌다.

그렇다면 확실히 자신들이 우승을 바라볼 수 있다.

"하지만 우리는 돈이 없는데요. 그리고 아시겠지만 샐러리 캡이 있어서요."

샐러리 캡은 야채를 뜻하는 게 아니라 NBA에서 정해 둔 연봉 한계를 의미한다.

물론 어긴다 해도 출장 금지 같은 걸 당하는 수준의 강행 규정은 아니지만, 그래도 어느 정도 기준은 된다.

실제로 여러 가지 편법으로 그 이상의 돈을 주는 게 어려운 것도 아니고 말이다.

"압니다. 그래서 드리는 거죠. 그건 NBA 규정이니까요."

즉, NBL은 거기에 해당되지 않는다는 거다.

물론 나름의 규정을 만들기야 하겠지만 굳이 NBA 규정을 따를 이유는 없다.

"하지만 우승이라는 건 그것만으로 결정되지는 않는데……."

결국 자기들이 우승하기 위해서는 상대방이 있어야 한다.

비싼 선수들을 모두 데리고 온다고 해도 상대할 팀이 없는데 우승한다는 건 불가능하다.

"알고 있습니다. 그래서 이걸 내민 거고요."

"그게 무슨……?"

"스타플레이어들이 NBL에서 뛰는 걸 원한다면 어떨까요?"

"……!"

각 구단은 돈이 다급하다. 거기다가 스타플레이어들은 NBL에서도 뛰기를 원한다.

스타플레이어들이 움직이면 팬들도 NBL로 넘어오게 된다.

물론 완벽하게 대체하지는 못하겠지만, 치고 올라가는 건 어렵지 않다.

"그리고 맨해튼 워리어즈는 1회 우승 팀으로 역사에 길이 남겠지요. 운이 좋다면 NBA와 NBL 동시 우승이라는 기록으로 남을 수도 있고요."

"……!"

스타플레이어들이 NBL에서 뛰게 되면 NBA의 징계의 한계도 명확해진다.

"하지만…… 그쪽에서도 대응책을 세우려고 할 텐데요."

워렌 화이트는 노형진의 제안에 솔깃하기는 했지만 솔직히 그게 걱정이었다.

확실히 가능성은 있다. 그렇게 한다고 하면 말이다.

하지만 여전히 문제가 되는 게 있으니, NBA에서 그걸 가만두겠느냐는 거다.

"아, 걱정 마세요. NBA는 당분간 시끄러울 예정이니까. 아마 자기들 앞가림하기에도 벅찰걸요."

노형진의 알 수 없는 미소에, 워렌 화이트는 이번에 진지하게 2군을 NBL로 넘겨야 하나 고민하기 시작했다.

노형진은 NBA가 대응할 거라는 걸 알고 있었다.

하지만 현재 NBA를 이끌어 가는 인간들은 극도로 이기적인 타입이었다. 그리고 그런 이기적인 인간들은 조직보다는 자신이 우선이다.

"각 구단에 접촉해서 NBL 리그 창설을 요구하고 있다고 합니다."

"말도 안 되는 소리! 무조건 막아! NBL 리그로 넘어가는 구단은 무조건 퇴출이야! 선수도 마찬가지고! 아주 매장해 버리겠어!"

로이 젠달은 이를 박박 갈았다. 결국 일이 이 지경이 된 것에 대해 화가 머리끝까지 난 것이다.

그렇잖아도 중국에 뒤통수를 맞은 상황인데 라이벌까지 등장한다고? 그건 결코 반갑지 않은 일이다.

"막아, 무조건! 무슨 뜻인지 알지? 그러지 않으면 지원금도 모조리 빼앗는다고 하라고!"

어떻게 해서든 구단들을 협박하고 어르고 달래서 이전은 꿈도 꾸지 못하게 하려고, 로이 젠달은 직원들에게 큰소리를 질렀다.

하지만 그건 말처럼 쉽지 않은 일이었다.

"하지만 아무래도 구단 입장에서는 돈이 걸려 있다 보니 쉽지 않습니다. 아시겠지만 중국도 날아갔고······."

"그래서 어쩔 건데? 우리를 버릴 거야? 우리 NBA야!"

"일단은 지난번에 중계료를 우리가 모두 꿀꺽한 게 문제가 되는 것 같습니다."

"아니, 우리는 계약대로 하자는 거잖아!"

"처음 계약할 때와 사정이 너무 달라지지 않았습니까?"

"그건 구단 사정이고!"

"하지만 구단 입장에서는 지금 운영비도 안 나오는 상황이다 보니······. 더군다나 그쪽의 조건도 선수를 추가로 뽑는 것이다 보니······."

"그게 우리랑 무슨 상관이야?"

"······알겠습니다."

"무조건 NBL에 넘어가지 못하도록 해. 알겠어?"

로이 젠달이 다급하게 해결책을 내라고 부하들을 독촉하는 그때, 갑자기 문이 슬며시 열리면서 직원 한 명이 들어왔다.

"저기······ 국장님."

"야, 너 내가 들어오지 말라고 했지? 넌 들어올 때마다 안 좋은 소식을 가지고 오잖아! 안 되겠다. 넌 해고야!"

또 안 좋은 얼굴로 들어오는 부하 직원을 본 로이 젠달은 심장이 덜컥 내려앉았다.

"아니…… 제가 오고 싶어서 온 것도 아니고…….."

자기라고 총대를 메고 싶어서 그러는 게 아니다. 매번 누군가 총대를 메야 해서 가위바위보를 하는데, 꼭 자신이 지는 것뿐.

"그래서 뭔데? 또 뭐, 어디 구단이 거기로 넘어간다고 한대?"

"그건 아닙니다."

"그러면?"

"우리……와 관련이 있다면 있는데…….."

"무슨 소리야?"

눈을 찡그리는 로이 젠달이 말하라고 다그치자 부하 직원은 힘겹게 입을 열었다.

"중국에서 고소장이…… 접수되었다는 뉴스가…….."

"누구를?"

"우리 NBA를…….."

"뭔 개소리야? 정치적으로 손절 한 건 그렇다고 쳐. 그런데 왜 우리를 고소해?"

"우리가 아니라…….."

"뭔 소리야? 말 똑바로 안 해?"

"국장님과 임원들을 고소했습니다, 강간으로."

"뭐?"

강간이라는 말에 로이 젠달은 정신이 멍해졌다.

강간이라니?

미국에서 강간은 인생 종 치는 범죄다. 그런데 중국에서
자신을 강간으로 고소했다고?

"그게 무슨 소리야! 거기서 왜?"

"저도 잘 모르겠습니다. 다만 인터넷 기사로 방금 떴습니
다. 뉴스는 아직입니다만……."

"당장……. 어디야, 거기?"

그는 다른 일을 모두 내팽개치고 다급하게 인터넷에서 자신
의 이름을 검색했다. 그리고 속보로 뜬 뉴스에 아연실색했다.

─로이 젠달을 비롯한 NBA의 수뇌부는 중국에서 자신들이 중국
에 NBA의 영상을 제공하는 것을 권력 삼아 무리한 요구를 하고 그
과정에서 피해 여성들을 집단으로 강간한 것으로 드러났습니다. 피
해 여성들은 현재 그들을 강간 혐의로 고소한 상황이며, 중국 정부
는 극악한 연쇄 강간범인 NBA 이사진에 대한 송환을 요구한 상황입
니다. 이에 미국 정부는 일단 미국 내에서 조사하고 송환을 결정하
겠다는 입장이며…….

"이게 무슨…… 소리야? 강간이라니? 강간이라니!"

자신들이 중국에 가서 성 접대를 받은 것은 사실이다.

하지만 그런 것에 대해 관대한 중국 문화를 알고 있기에, 그리고 이후에 어디서도 새어 나가지 않을 거라 생각했기에 즐거운 마음으로 받았다.

그런데 강간이라니!

–증거로 제출된 사진에 따르면 범죄 사항은 확실한 것으로…….

"증거 사진?"

사진이라는 말에 로이 젠달은 정신이 멍해졌다.

아니, 추측은 당연히 할 수 있었다.

중국이라는 나라가 과연 자신의 약점을 안 잡아 놨을까?

아마도 잡아 놨을 것이다.

그리고 언젠가 자신을 쳐 낼 시점을 노리고 있었을 것이다.

"이런…… 젠장."

그는 처음으로 중국을 물고 빤 것을 후회할 수밖에 없었다.

하지만 후회는 이미 늦었고, 그의 앞에는 절망만이 남아 있을 뿐이었다.

–NBL 리그! 새로운 미국 농구 리그의 시작

TV에서는 계속 광고와 새롭게 선수가 된 사람들의 다큐가 나가고 있었다.

돈만 벌 수 있다면 NBA든 NBL이든 무슨 상관이 있겠는가.

더군다나 NBL은 NBA와 다른 점이 있었다.

바로 각 구단에서 유럽의 축구처럼 승단제를 운영한다는 것이다.

NBA가 단순히 우승자를 가리는 거라면 NBL은 승단제를 적용, 하위 3팀은 2부 리그와 교체한다는 카드를 내밀었다.

이는 팬층의 경쟁심을 자극했다.

그리고 때맞춰 터진 성추문 사건으로 NBA는 단시간 내에 힘이 쫙 빠져 버렸다.

"어떻게 아신 겁니까, NBA가 강간범이라는걸."

"강간은 아니죠, 엄밀하게 말하면."

"네?"

노형진의 말에 하이드 맥핀은 고개를 갸웃했다. 강간범이 아니라니?

"제가 사람을 통해 그들을 접대한 여자들을 자극한 거죠."

극단적 빈익빈 부익부에 시달리는 중국이다.

한국도 술집 여자들이 연예인을 고소하는 사건이 적지 않게 벌어지는데 중국이라고 안 그럴까?

"적당히 찔러주면 누구 하나쯤은 분명 허튼짓을 생각할 테니까요."

접대를 하루 이틀 받은 것도 아니고 그 수많은 여자들이 다 정상적이라고 보기는 힘들다.

돈만 된다면 뭐든 해도 된다고 생각하는 중국인들의 성향을 생각하면 더더욱 그렇다.

"그러니까 누군가는 고발할 거라 생각한 것뿐입니다."

"그걸 믿고 중국에서 송환 요구를 한 거라고요? 고작?"

"고작이 아닙니다. 중국이니까요."

과연 중국이 그런 성 접대를 할 때 약점을 잡기 위해 사진을 안 찍어 둘까?

'그럴 리가.'

당장 CIA만 해도 그런 사진들이 적지 않다.

왜냐하면 전통적으로 NBA는 민주당 지지 세력이기 때문이다.

그렇다 보니 혹시 모를 상황에 대비해서 CIA는 약점이 될 만한 사진을 찍어 둔다.

그나마 CIA는 외부에서 찍은 사진이 한계일 테지만, 중국의 경우는 접대하는 곳 내부에 카메라를 설치하는 게 어렵지 않은 건 당연한 일.

"아마 그걸 증거 삼아서 엮으려고 할 겁니다. 어차피 틀어진 상황이니까요."

중계는 이미 막았고 중국은 이참에 NBA를 길들이고 싶어

한다. 그 상황에서 강간에 대한 제보가 들어왔다?

"솔직히 말하면 저는 확신이 서지 않는 것도 있습니다."

과연 그 여자가 강간으로 고소한 게 자신들이 자극해서 그런 건지, 아니면 중국 공산당의 결정에 따르느라 그런 건지.

"기소야 그렇다 쳐도 송환은 좀 그렇지 않습니까?"

"그건 지난번 테러 사건에 대한 보복인 거죠."

"네?"

"중국에서 결국 테러 용의자들을 안 보내 줬지 않습니까?"

그로 인해 중국은 미국에 엄청나게 욕먹고 있으며 실제로도 두 나라의 국민감정은 그다지 좋지 않다.

"그걸 반격할 만한 게 필요한 거죠."

"아하!"

중국 입장에서는 저 새끼들도 강간범을 안 보내 주는데 우리는 왜 혐의도 없는 우리 국민들을 보내 줘야 하느냐고 따질 수 있는 하나의 핑계가 생기는 거다.

"그래서 중국에서 말도 안 되는 송환 운운하는 거군요."

"네, 맞습니다."

노형진은 고개를 끄덕거렸다.

"사실 아무리 도널드 올드먼이라도 국민, 그것도 NBA의 이사단을 보내는 건 부담스러울 수밖에 없거든요."

"하지만 여론이 영 좋지 않던데요."

"보셨습니까?"

"네, 봤습니다. 한국에서야 강간이 별것 아닐지 모르지만 미국에서는 아니라서요."

중국이 그런 항변을 노리는 것을 모를 만큼 미국 사람들이 다 멍청한 건 아니다.

똑똑한 사람들은 이미 중국이 어떤 목적으로 이걸 물고 늘어지는지 알고 있다.

그래서 일부에서는 차라리 NBA의 이사진을 보내자는 이야기도 나오고 있었다.

성범죄자를 보내는 대신 테러범을 잡아 오면 그게 이득이라고 말이다.

"알고 있습니다. 그래서 지금 NBA가 아무런 저항도 못 하는 겁니다."

"네? 왜요?"

"그런 정치적 결단을 못 할 도널드 올드먼이 아니거든요. 누차 말씀드리지만 NBA와 도널드 올드먼은 앙숙 관계입니다."

특히 국장인 로이 젠달과는 거의 철천지원수급이다.

"만일 대통령이 정치적 부담을 감수하고 보낸다면 어떻게 되겠습니까?"

"아!"

이미 증거는 있다. 중국이 자기들이 제출한 증거도 보내 줬고, CIA에서 확보한 증거도 있다.

"즉, 그런 선택을 해도 국민들을 어느 정도 설득할 수 있다는 거죠."

대부분의 국민들 입장에서는 국민이고 나발이고 강간범 새끼 같은 거 중국으로 보내 버리고 테러범 새끼를 잡아다 처벌하자고 할 게 뻔하니까.

더군다나 중국도 그런 핑계를 대면서 거래에 응한다고 하면 테러범을 안 주기 뭐해진다.

"그래도 안 주면 또 중국이 중국 했다고 욕할 테고요."

"뭘 해도 중국은 욕먹겠군요."

"네."

결국 국민들 사이에 중국에 대한 분노가 더 심해질 거다.

"그리고 그걸 로이 젠달은 알고 있지요. 그는 어떻게 해서든 중국으로 가지 않으려고 할 겁니다."

"어떻게 해서든……이라고 한다면 설마?"

"가령 NBL 승인 같은 거죠."

그는 중국에 가면 아마 못해도 20년은 감옥에 있어야 할 것이다. 미국에 대한 본보기 차원에서 말이다.

그런데 현실적으로 과연 그와 NBA의 임원들이 살아서 나올 수 있을까?

그럴 가능성은 그다지 크지 않다.

질병이나 기타 문제도 있겠지만, 미국에 극단적인 혐오 감정을 가진 다른 죄수들이 살려 둘 리가 없다.

"그러기 위해서는 어떻게 해서든 협상해야 합니다."

"그게 바로 NBL인 겁니까?"

"네. NBL의 창설을 반대하지 말 것."

설사 그게 NBA에 큰 피해를 준다고 해도, 그들이 리더인 이상 NBL의 창설을 반대하지 못할 것이다. 그랬다가는 중국으로 끌려갈 테니까.

도널드 올드먼 입장에서는 자신의 가장 큰 적의 힘이 빠지는 것이니 거절할 이유가 없고 말이다.

"이게 처음부터 계획되어 있었다는 겁니까?"

"네. 아마 NBA는 당분간 말이 많을 겁니다."

중국에 가지 않는다고 해도 결국 그들의 성추문은 덮을 수 있는 성질의 것이 아니다.

당연히 그들은 어쩔 수 없이 물러날 거다.

"하지만 지금은 못 물러나죠."

"왜요?"

"지금 물러나면 다음 임원들은 NBL에 대해 반대할 테니까요."

"아하!"

어떻게 해서든 사전에 막으려고 할 게 뻔하다. 그렇게 되면 자신들은 중국으로 끌려갈 테고.

"그러니 버티고 버텨서 최소한 NBL이 자리를 잡을 때까지는 그 자리에 있어야 합니다."

한 2년쯤 지나서 그들이 물러난 후에 NBA가 NBL을 인정

못 한다고 폐쇄하라고 지랄한다 해도, 누가 그걸 듣겠는가?

결과적으로 NBL은 무난하게 안착하게 될 것이다.

"대단하시네요, NBA가 가진 시장이 절대 작은 게 아닌데."

결과적으로 그 시장을 나눠 먹는 형태가 되어 버릴 테니 아마 수익은 어마어마할 거다.

"아, 물론 그건 부차적인 문제입니다."

"부차적인 문제요?"

"결국 중국 공산당을 막기 위한 과정이니까요."

"중국 공산당요?"

"네. 지금 미국의 문화 산업에 가장 큰 영향력을 발휘하는 건 아이러니하게도 미국이 아닙니다, 중국 공산당이지."

영화사도 게임 회사도, 심지어 스포츠 회사까지 모든 회사들이 공산당의 명령을 따르고 있다.

공식적으로는 '협조'라는 형태지만.

"제가 말했지요, 문화 승리라는 게임 내의 단어는 무시할 게 아니라고."

중국은 어떻게 해서든 그런 식으로 미국을 안에서 뒤집어 엎고 싶어 한다.

"규칙대로 싸우면 선은 절대 악을 못 이깁니다. 그 사실을 중국은 잘 알지요."

선은 규칙을 지키면서 싸우고 그걸 넘기 위해 법이라는 걸

바꿔야 하지만, 악은 그럴 필요가 없으니까.

"그러니까 그동안 수작질을 한 거죠. 하지만 이제 좀 달라졌을 겁니다."

수틀리면 손절 치는 중국. 그리고 여차하면 죄를 뒤집어씌우는 중국.

그 중국에 손을 내미는 걸 조심스러워할 것이다.

"물론 워낙 돈이 되니 완전히 막지는 못하겠지만요."

그래도 지금처럼 돈을 처발라서 문화 승리를 외칠 수는 없을 거다.

"코넬 방역 방해 세력도 막고 문화 침략도 막는 거라는 거군요."

"네."

노형진은 고개를 끄덕거렸다.

"이제 급한 건 다 끝난 것 같으니 다시 한국으로 가야겠네요."

"이렇게 서둘러서요?"

"한국에 제정신이 아닌 의뢰인이 나타났다고 하네요."

그러면서 노형진은 머리를 긁적거렸다.

"노 변호사님이 제정신이 아니라고 할 정도면 진짜 위험한 거 아닙니까?"

"위험하다기보다는……."

얼마 전 날아온 메일에 적혀 있던 사건 개요를 떠올린 노형진은 잠시 말을 멈췄다.

"개념을 밥 말아먹었죠."

노형진이 봤을 때는 딱 맞는 말이었다.

개념 없는 의뢰인

코델09바이러스.

중국에서 시작되어 전 세계를 강타한 바이러스.

그로 인해 대부분의 산업들이 피폐해지고 몰락했지만 반대로 코델09로 인해 흥한 산업들도 있었다.

바로 집 안에서 여가를 보낼 수 있는 게임이었다.

코델09 이전만 해도 중국의 사주를 받아서 마약이라는 둥 중독이라는 둥 하던 WHO조차도 이번만큼은 집 안에서 게임을 하는 걸 권장할 만큼 게임은 코델09 기간 동안 어마어마한 성장을 했다. 노형진은 그걸 알기에 당연히 거기에 막대한 투자를 했고 말이다.

그리고 노형진이 한국에 돌아왔을 때 기다리고 있던 사건도 하필이면 게임이었다.

"얼마요?"

노형진은 자신의 귀를 의심했다.

어지간한 사건은 다 겪어 보았고 또 어지간한 미친놈은 다 받아 본 그였지만 노형진은 진심으로 눈앞에 있는 사람이 제정신이 아닌 것 같은데 사건을 받아야 하나 말아야 하나 고민했다.

"그게, 다 하면 120억 정도…….."

"게임 하나에 말입니까?"

"네."

"고객님, 죄송합니다만 장소를 잘못 찾아오신 듯합니다만. 저희가 아니라 정신과로 가셔야 하는 거 아닙니까?"

"……."

20대 중반쯤 되어 보이는 남자는 긴 한숨으로 솔직한 심정을 이야기했다.

"그렇잖아도 여기 상담이 끝나면 가 보려고 생각 중입니다."

"120억이나 꼬라박으셨다는 걸 보니 돈은 좀 있으신 분인 것 같은데."

일반인은 절대 그 정도 돈을 게임에 꼬라박지 못한다.

심지어 노형진조차도 게임에 120억씩 꼬라박지는 않는다.

그런데 무려 그런 어마어마한 금액을 게임에 꼬라박고 나서 소송을 하겠다니.

"저도 제정신이 아닌 것 같습니다. 하지만 당하고 나니까 억울해서요. 뭐, 말씀하신 것처럼 돈이 없는 게 아니니까."

"그 말씀은?"

"져도 상관없다 이겁니다. 하지만 제 인생을 이렇게 병신으로 만든 회사에 복수하고 싶다 이거죠."

"병신 같은 인생이었다는 건 아시네요."

"신랄하시군요."

"딱히 절박해 보이지 않아서요."

딱 봐도 의뢰하러 온 사람이 우울함도, 다급함도 없다. 그의 옷에서부터 신발, 시계까지 모든 게 여유로워 보인다.

"부자들 놀이에 놀아나는 건 별로 안 좋아합니다."

"압니다. 제가 병신이었죠. 하지만 그래서 더더욱 복수하고 싶습니다. 부자들은 자존심이 엄청 세거든요."

"아, 뭐 압니다. 저희도 부자 의뢰인들이 없는 것도 아니고요."

돈 몇 푼? 그거보다 자기 자존심을 챙기는 사람은 널리고 널렸다.

"좋습니다. 일단 이야기를 들어 보죠. 어떻게 된 겁니까?"

"제가 〈공성전기〉라는 게임을 접한 게 한 5년 전쯤일 겁니다."

그는 날 때부터 부자였다고 했다. 그의 아버지는 일가를 이룬 사업가였지만 그는 당연히 아니었고 말이다.

그래서 그의 아버지는 의뢰인인 고한병에게 사업체를 넘겨줄 생각 자체가 없었다고 한다.

아무리 봐도 자신처럼 기업을 이끌어 갈 인재는 아니었으니까.

"그 대신에 전문 경영인을 두고 기업을 운영하는 중입니다."

"용케 전문 경영인이 회사를 잘 운영하나 보군요."

"아버지가 감시 시스템을 잘 짜 놔서요. 이상한 짓을 하면 바로 걸릴 겁니다."

어찌 되었건 매달 몇십억씩 돈이 들어오는 고한병은 그다지 재미있는 게 없었다고 했다.

골프도 하루 이틀이고, 술을 먹고 여자랑 노는 것도 그다지 재미없고 말이다.

"그러다가 저랑 같이 헬스클럽을 다니는 친구가 〈공성전기〉를 소개시켜 줬습니다."

"헬스클럽요?"

"네. 뭐, 일반적인 헬스클럽은 아니고 호텔에서 운영하는……. 아실는지 모르겠습니다만."

"알죠. 회원제 헬스클럽을 말씀하시는 것 같은데."

"잘 아시네요?"

"저, 미다스 대리인입니다."

노형진의 말에 고한병은 고개를 끄덕거렸다.

그런 사람이라면 자신들이 사는 세계를 잘 이해할 거라고 생각하면서 그는 계속 말을 이어 갔다.

"일단 거기에서 만난 친구가 재미있다고 하더라고요."

회원제 헬스클럽은 절대로 싸지 않다.

호텔마다 다르지만 회원 가입할 때 싼 곳은 대략 3천만 원, 비싼 곳은 2억쯤 되는 회비를 내야 한다.

시설이야 당연히 화려하지만, 그 정도로 돈이 많이 들지는 않는다. 헬스장에서 쓰는 장비들은 거기서 거기니까.

게다가 그걸로 끝이 아니다. 매달 100만 원에서 300만 원에 달하는 이용료를 내야 한다.

일반인 입장에서는 이게 뭔 미친 짓인가 싶을 거다. 동네 헬스장은 몇만 원이면 다니니까.

그러나 그런 곳에 다니는 사람들은 진짜 운동하러 다니는 게 아니다. 그곳에서 만나는 인맥을 위해 다니는 거다.

맨 처음 받는 회비도 그만큼 낼 수 있는 사람을 걸러 내기 위한 일종의 거름망인 거다.

그러니 그곳은 부자들만 득시글거린다. 물론 노형진은 별로 관심이 없어서 안 가지만.

"하여간 거기서 〈공성전기〉라는 게임을 알게 되었습니다."

그리고 게임을 시작했다.

그런데 시작하자마자 무참하게 학살당했다고 한다.

"빡치더군요."

"아, 그거 유명하죠. 〈공선전기〉 게임 스타일입니다."

〈공성전기〉는 기본적으로 PVP가 완전 자유다.

과거에는 그걸 막는 서버가 있었지만 지금은 사라졌다고
한다.

그도 그럴 게, 〈공성전기〉의 게임 방식이 경쟁이기 때문
이다.

게임을 하면서 처발리면 억울해서라도 돈을 쓰게 되니까.

그런 경쟁을 유도하기 위해 기본적으로 게임은 어디서든
상대방 유저를 학살할 수 있게 설정해 놨다.

심지어 대부분의 게임에서 초보존은 그런 PVP가 막혀 있
는데 〈공성전기〉만은 예외로, 플레이어블 캐릭터가 생기는
순간부터 무조건 프리 PVP다.

"그래서 억울해서 돈을 쓰게 되더라고요."

"그게 그들 방식이니까요. 돈이 되는 고객은 그렇게 걸러
서 들어오고, 빡쳐도 돈을 안 쓰는 유저는 죽고 또 죽다가 더
러워서 접을 테고."

그런 식으로 철저하게 돈 되는 고객만을 받아서 게임을 하
게 하는 게 바로 〈공성전기〉의 특징이다.

"네. 저도 거기에 당한 거죠."

한번 쓰기 시작하자 돈을 계속 쓰게 되었고, 그러다 보니
어느 순간 무려 120억이라는 어마어마한 돈을 거기다 꼬라

박은 것이었다.

"물론 그 돈 없어도 저는 먹고삽니다만."

5년간 120억.

1년에 대략 23억쯤 쓴 건데, 매달 몇십억이 들어오는 고한병에게 있어서는 그리 부담스러운 금액도 아니었다.

"그런데 왜 갑자기 소송하겠다고 하시는 겁니까? 사업이 망하기라도 한 겁니까?"

"아, 그게 말이죠. 뭐랄까, 현타가 왔습니다."

"현타요?"

"회사에서 노조 파업이 있었습니다."

노조 파업이야 뭐 있을 수 있는 일이다.

"그걸 보고받고도 전 신경도 안 썼죠. 저는 대주주일 뿐이니까."

그걸 해결할 건 고용된 사장이지 자신이 아니니까.

"그런데 그게 뉴스에 나왔더라고요."

파업이 뉴스에 나올 정도의 기업이라면 절대 작은 회사는 아닐 것이다.

"처음에는 별짓을 다 한다고 생각하면서 게임을 계속하려 했는데, 가만 보니 직원들이 요구하는 그 임금 인상이라는 게 큰돈이 아니다 싶더라고요. 최소한 제가 매달 게임에 꼬라박는 돈보다는 훨씬 적죠. 절반도 안 되니까."

그런데 그 돈을 얻기 위해 파업하고 머리를 박박 밀고 결사 항쟁을 외친다.

'의외네?'

보통은 그런 경우에 대부분 때려잡으라고 언성을 높이지 현타가 오진 않는다.

"그래서 그 사람들을 돕고 싶다는 건가요?"

"아니요. 그건 아니고요. 그냥 현타가 온 것뿐이죠. 애초에 제가 대주주일 뿐이지 운영자도 아닌데요, 뭘."

현타가 온 것과 그들을 돕는 건 다르다고 확실하게 선을 긋는 고한병.

"어찌 되었건 뭐, 그렇다고요. 그러다 보니까 내가 지금 뭔 짓을 하나 싶더라고요."

얼굴도 본 적도 없는 인간들과 데이터 쪼가리에 돈을 써 가면서 싸우는 게 뭔 짓인가 싶었던 것.

"그랬더니 안 보이던 게 보이기 시작했단 말이지요."

"하긴, 그러셨겠습니다."

현타라는 게 그렇다. 갑자기 이게 뭐 하는 짓인가 하는 생각이 드는 순간 시야가 확 넓어진다.

'세뇌전에서 가장 중요한 요소지.'

그래서 사이비 종교 단체나 사기꾼들이 어떻게 해서든 외부와의 접촉을 막으려고 하는 거다.

현타가 와서, 이상하다는 걸 인식하는 순간부터 이탈이 시작되니까.

"흠, 단순히 접으면 간단할 걸 소송까지 한다는 걸 보니 아무래도 뭔가 이상하셨던 모양이군요."

"아, 제가 아이템 하나 만들려고 존나 질렀거든요. 극강검이라고."

"극강검요?"

"네. 별명이 슈퍼검이에요."

"슈퍼검?"

"더럽게 비싸거든요. '앗! 슈퍼카보다 비싸다!'라고 할까? 지금 시세가 13억인가 그럴걸요."

"거기에 얼마를 투자하셨는데요?"

"아, 음…… 한…… 16억?"

노형진은 진짜 병신을 보는 것 같았다. 13억짜리 아이템을 만들기 위해 16억을 꼬라박다니.

"어쩔 수 없죠, 캐릭터의 가치를 지키기 위해서는."

"그럼 그 캐릭터의 가치가 120억인 겁니까?"

"제 캐릭이 한 20억 될걸요."

"그게 뭔 짓입니까?"

20억짜리 캐릭터 가치를 지키기 위해 120억을 써야 한단다. 그것도 매달 억 단위로 돈을 써야 버틴단다.

"그래서 현타가 온 거죠. 120억으로 건물을 샀으면 지금쯤 두 배는 올랐겠죠."

"그래서요?"

"일단 그건 둘째 치고 말이죠, 제가 그 극강검을 지르려고 캐릭을 엄청 굴렸는데……."

이게 지랄맞은 게 뭐냐면, 극강검이 드롭으로 구할 수 있는 게 아니라는 거다.

아이템을 사서 강화하고, 그걸 합성해서 또 다른 재료를 만들고, 그걸 다시 강화하고 하는 식으로 아주 복잡한 과정을 밟아야 한다는 거다.

"그리고 그 아이템의 재료는…… 음…… 뽑기로만 얻을 수 있죠."

"재료가 뽑기라고요?"

"네, 뽑기예요."

운이 좋으면 10만 원 만에 아이템을 뽑을 수 있지만 대부분은 터무니없는 잡템이 나온다고 한다.

"그런데 확률이 이상하더라고요. 그때는 몰랐는데."

재료 아이템의 확률은, 게임 회사에서 고지한 건 0.1%라고 했다.

그 말은 천 번을 돌리면 한 번은 나와야 한다는 거다.

"그런데 제가 솔직히 돈이 없는 것도 아니고."

한 번 돌리는 데 만 원, 천 번이면 천만 원이다.

그야 다달이 억 단위로 돈을 꼬라박는 타입이니 그 정도야 우습고 말이다.

"그런데 제 체감상 그건 1천 번이 아니라 한 3천 번쯤 돌려야 한 번 나온달까요?"

'아, 확률 조작?'

그제야 노형진은 기억났다.

비록 한국에 이 일이 터졌을 때 그는 미국에 있었지만, 이야기는 들었다. 그로 인해 한국 게임 회사들이 난리가 났다고 들었으니까.

"그리고 이번에 황당한 일도 있었고."

"황당한 일요?"

"네. 아까 말했잖아요, 강화한 걸 갈아서 다시 아이템으로 만들어야 한다고."

"네."

단순히 재료를 뽑기만 했다고 끝이 아니다.

검을 만드는 데에는 '순정한 미스릴'이라는 아이템이 필요한데, 이건 판매를 안 한다.

그럼 어떻게 얻느냐?

강화도 10 이상의 무기 계열의 아이템을 갈아 버리면 그 안에서 확률적으로 떨어진단다.

확정적으로가 아닌, '확률적'으로 말이다. 그것도 확률이 0.05%라나?

"안 아깝습니까?"

"아깝죠. 강화 10까지 가야 하는데 강화가 안 되고 날아가면……."

"아니, 그런 말이 아니고 말입니다."

그렇게 데이터 쪼가리에 수억씩 처바르는 것에 대해 말한 것이지만 고한병은 다르게 받아들인 모양이다.

"하여간 그런데요, 어찌 되었건 이게 강화 확률이 더럽게 낮거든요."

1단계는 100% 강화 성공이지만 10단계의 성공 확률은 1% 정도.

만일 실패하면 당연하게도 아이템은 부서지고 원하는 순정한 미스릴은 안 나온다.

"그래서 강화 성공 확률을 올려 주는 아이템을 처발랐죠."

"그건 또 얼맙니까?"

"어, 대충 1%에 2만 원입니다."

그러니까 1%인 아이템 강화 성공률을 100%로 올리기 위해서는 198만 원을 처발라야 한다는 거다.

"그래서요?"

"그래서 간단하게 아흔아홉 개를 발랐습니다. 확실하게."

"아흔아홉 개를 발랐다면……."

확실히 그거 하나당 1%의 상승을 불러온다는 거니까 성공해야 한다.

"실제로도 성공 확률 100%라고 떴고요."

그런데 실패했다.

상식적으로 개당 1%의 확률 상승이니 아흔아홉 개를 발랐다면 무조건 성공해야 정상이다. 그런데 갈려 나갔다.

"막 현타가 오는 시점에서 그 꼴을 당하니까 멍하더라고요."

"아, 그럴 겁니다."

사실 게임 회사에서 확률을 조작하는 건 하루 이틀 문제가
아니다.

'〈공성전기〉는 뭐, 유명하지.'

아직 소문이 안 났을 뿐.

"하여간 말도 안 되는 거잖습니까?"

"그렇지요."

"그래서 GM을 불렀죠."

"그런데요?"

"답변이 '본사는 강화 중 파괴된 아이템에 대해 아무런 책
임도 없습니다.'라고 오더라고요."

GM을 불렀더니 바로 온 것도 아니고 무려 아홉 시간 만
에 와서 전혀 상관없는 매크로 답변 하나 던져 주고는 쌩까
버렸던 것.

상식적으로 100% 강화 확률템이 갈려 나갔다면 당연히 그
건 게임 회사 책임이다. 그런데 책임이 없다니.

"그래서 화가 나서 직접 찾아갔죠."

몇 번 더 GM을 불렀지만 매번 똑같은 매크로 답변뿐이었
기에 참다못한 고한병은 직접 본사를 찾아갔다.

그리고 그곳에서 담당자를 만나기를 원했는데…….

"안 나오더라고요."

"안 나왔다고요?"

"네. 분명 제가 계정과 아이디를 말해 줬거든요. 그리고 무슨 문제가 있는지도 말해 줬고."

하지만 담당자는커녕 아무도 안 나왔다고 한다.

도리어 직원들은 자신을 보고 수군거리면서 병신 취급을 했다고 한다.

"병신 취급이라고요?"

"이해가 가세요? 제가 거기에 120억을 썼는데 병신 취급 받았다니까요."

슬쩍슬쩍 손가락질하면서 수군거리는 수준도 아니고, 아예 대놓고 들으라는 듯이 또 개돼지가 왔다고 키득거렸다는 거다.

'또라……'

노형진은 개돼지라는 말에는 그다지 신경 쓰지 않았다. 한국 게임사들이 유저들을 보는 시선이 딱 그 정도니까.

실제로 운영자도 아닌 회사 일개 직원도 개돼지라고 인식할 정도이니 당연한 일이다.

중요한 건 앞부분이다. 분명 '또'라고 했다.

'그러면 다른 유저가 찾아온 적이 있다는 거지.'

그렇다면 회사에는 대응 절차가 있어야 정상이다.

그런데 없다?

'철저하게 무시한다 이거군.'

"어찌 되었건 말입니다, 화가 나서 기다렸죠. 뭐, 제가 시간이 없는 것도 아니고."

어차피 돈 많은 백수고 딱히 할 것도 없다.

더군다나 현타가 온 시점이니 게임을 접을 생각을 할 테고, 그럴 때는 게임 내의 경쟁이 하찮게 느껴지게 된다.

"그런데 퇴근 시간까지 안 나오더라고요."

"그래서요?"

"그러더니 갑자기 경비원이 절 강제로 끌어내더라고요."

"얼씨구?"

무려 120억이라는 돈을 쓴 사람이다.

그 정도로 돈을 썼다면, 누구 말마따나 백화점이었다면 클레임 때문에 왔다는 말에 점장이 튀어나와서 고개를 90도로 숙였을 것이다.

"그리고 경찰이 저를 질질 끌고 가더라고요."

나중에 따졌더니 경찰이 '우리는 당신을 끌고 나온 게 아니라 구해 준 거다. 다시는 그쪽으로 가지 마라.'라고 했단다.

'흠…… 직접적으로 손쓴 건 아니겠지만…….'

경찰이 그런 말을 할 정도면 회사에서 찾아온 유저들에게 법을 이용해서 여러 가지 압박을 가한다고 봐야 한다.

실제로 찾아간 사람들이 많아 보이는데 지금까지 아무런 말도 없었던 걸로 봐서는 말이다.

"하지만 가만히 당하고만 있자니 저도 빡쳐서요."

"쯧쯧."

"왜 그러십니까?"

"아니, 웃겨서요."

〈공성전기〉는 기본적으로 유저들의 경쟁 심리를 이용해서 막대한 수익을 벌어들이는 회사다.

당연히 정상적인 사람이라면 거기에 그렇게 미친 듯이 돈을 쓰지 않는다. 돈 좀 있고 경쟁 심리가 강한 사람들이나 그렇게 질러 댄다.

"그런데 정작 자기네 유저 특징을 모르네요."

경쟁심이 강한 사람들이다.

그렇게 개돼지 취급을 받을 경우 "에이, 더러워서 접는다."가 아니라 "어디 한번 죽을 때까지 싸워 보자."라고 나온다.

'특히 부자들은 더 그런데.'

부자들은 돈보다 자존심이 우선이다. 그런 걸 알면서 이딴 식으로 행동한다니.

'자기네들도 부자다 이거네.'

사실 〈공성전기〉를 운영하는 한방소프트가 확실히 부자이기는 하다. 그러니까 어쭙잖은 부자들이야 찍어 눌러서 짓밟아 버릴 수 있을 거라 생각했을 것이다.

"그래서 빡쳐서 복수하려고요."

"그래요? 흠…… 그래서, 얼마까지 알아보고 오셨어요?"

노형진의 용팔이스러운 질문에 고한병이 묘한 표정으로 바라보았다.

"뭔 말입니까, 그게?"

"간단하게 말해서 이런 거죠. 복수를 원하시냐, 소송을 원하시냐."

"다릅니까?"

"다르죠. 아주 다르죠."

노형진은 어깨를 으쓱했다.

"복수를 원하시면 돈은 엄청나게 들어가겠지만 한방소프트가 흔들리게 할 수 있을 정도로 해 드리고, 소송을 원하시면 간단하게 소송만 해 드리고."

부자들은 이 부분을 확실하게 해야 한다.

일반적으로는 소송과 복수가 같기는 하지만 부자들에게 소송은 복수의 수단일 뿐 끝은 아니다.

"음……."

그는 고민하다가 씩 웃었다.

"복수를 원합니다."

"그래요? 그러면 의뢰 접수하겠습니다."

⚖

"그래서 부자들을 위해 복수에 나선다는 겁니까? 기분이 좋지는 않군요."

무태식은 약간은 짜증스럽게 말했다.

하긴, 그동안 노형진의 업무 스타일을 보면 그런 걸 하는 타입은 아니었으니까.

"뭐, 부자라고 해서 차별할 생각은 없습니다만."

"하지만 보통은 서민 위주로 해 주셨지 않습니까?"

"그건 어디까지나 제 개인적인 선택이었죠. 새론의 모토가 뭡니까? 공정한 법률 서비스의 지원 아닙니까?"

일단 돈을 내고 의뢰한 이상 그 사람의 재력이나 신분에 상관없이 최선의 서비스를 제공하는 것.

그게 바로 새론의 규칙이다.

"부자들이야 우리 말고도 충분히 서비스해 줄 변호사들이 많으니까 제가 개인적으로 서민 위주로 간 거지, 부자가 싫어서 그런 건 아닙니다. 애초에 저도 부자고요. 아니, 여기 변호사들 중에서 부자 아닌 사람이 없을 텐데요?"

"하긴, 그건 그렇지."

김성식은 고개를 끄덕거렸다.

새론은 수임료는 최저로 하는 대신에 미다스를 통해 직접적으로 수익을 내는 방식으로 변호사들의 수익을 보전해 준다.

그런데 말이 보전이지 그 수입이 일반 변호사들의 수십 배에 달하기 때문에 모든 변호사들이 새론으로 들어오고 싶어서 난리다.

"일단 부자들의 복수라고 해도 합당한 이유가 있다면 해주는 게 맞습니다. 그리고 현재 상황에서는 그 복수가 부당한 것도 아니고요."

"하긴, 이해는 가네. 120억? 터무니없는 돈을 냈는데 개돼지 취급이라니."

"더 웃긴 게 뭔지 아십니까?"

"뭔데?"

"그 정도 질렀는데 랭커는 아니랍니다. 순위가 몇이라더라? 120위라던가요?"

"뭐? 랭커가 아니라고? 그 돈을 지르고도?"

"네."

5년에 걸쳐 120억을 질렀으니 매해 대략 25억씩 지른 셈이다.

"그런데 〈공성전기〉에서 랭커가 되려면 못해도 1년에 50억은 질러야 한다고 하더군요."

"미친놈들투성이군."

"현실이라는 게 그런 겁니다."

노형진은 어깨를 으쓱했다.

일반인은 부자들이 사는 세계를 이해하지 못한다.

"그러면 거기 한 해 수익이 얼마나 되는 겁니까?"

"조 단위는 가뿐하게 넘는다고 하더군요."

"미친. 그런 곳을 대상으로 소송해서 이기겠어요?"

무태식은 심각한 얼굴로 되물었다. 그럴 수밖에 없다.

"재판부에서 그 돈을 돌려주라고 할 것 같지는 않은데."

"안 돌려줄 겁니다."

소송해 봐야 매년 수조 단위로 돈을 버는 게임 회사에서 온 갖 로비를 할 게 뻔하니 노형진이 아니라 노형진의 할아버지가 온다고 해도 이기지 못하는 건 너무나도 당연한 일이다.

"애초에 달라고 하는 것도 현행법상으로는 애매하고요."

"하긴, 그건 그렇지. 자기가 알고도 지른 거니까."

데이터 쪼가리라는 걸 알면서도 120억이라는 돈을 지른 거다. 그러니 사기라고 보기도 애매하다.

"하지만 체험상 그, 확률 조작이라면서요?"

"그게 문제인 겁니다. 확률 조작이라는 건 말이죠, 말장난이 쉽거든요."

"네?"

"음…… 이 부분은 고한병 씨가 착각한 부분이기는 한데요. 가령 재료 아이템이 0.1%의 확률로 나온다고 하지 않았습니까?"

"네. 그래서 천 번쯤 뽑으면 나와야 정상이라고 하셨죠."

"네. 그런데 말이죠, 이 확률이라는 건 누적이 아니에요. 그래서 함정인 거죠."

"그게 무슨 말인가?"

"이런 거죠."

재료를 뽑을 때 꽝이 나올 경우 확률이 0.1에서 0.2로 누적되어 올라가는 방식이라면 분명 유저의 생각대로 천 번에 한 번은 무조건 나와야 한다.

하지만 게임에서 재료 아이템이 나올 확률은 매번 똑같이 0.1로 계산된다.

"결과적으로 1억 번을 돌려서 다 꽝이 나왔다고 해도 그건 그냥 그 사람이 운이 더럽게 나쁜 거지 확률에 문제가 있는 게 아니라는 거죠."

"그런가요?"

"네. 그게 게임의 문제죠. 더 웃긴 건 〈공성전기〉에서는 0.1%도 상당히 높은 확률이라는 거죠."

검 하나를 만드는 데에 필요한, 그 0.1%의 확률로 나오는 재료 아이템의 수가 대략 1천 개라는 게 문제지만.

그것도 다른 아이템은 제외하고 말이다.

"그렇잖아도 〈공성전기〉 측에서 공개한 확률표를 확인해 봤습니다. 눈이 빠지는 줄 알았네요."

"왜?"

"이 새끼들이 검색을 막으려고 JPG 형식으로 공개했더라고요."

엑셀 같은 걸로 공개하면 검색이 쉬우니까 수천수만 개의 아이템을 분류도 하지 않고 한꺼번에 그림 파일로 공개해 사실상 검색을 막아 버린 것이다.

"일단 그 기록상으로 보면 말입니다, 가장 확률이 낮은 아이템은 0.00001%입니다."

"뭐? 0.00001%? 장난하나? 로또 확률보다 낮은 것 같은데."

"로또 확률이 0.0000122774%일 겁니다. 그러니까 근소하게 로또가 더 높습니다. 더 웃긴 건 이게 아이템이 아니라는 거예요, 재료 아이템이지."

아주 희귀한 재료 아이템이라는 거다.

최강의 검이라는 극강검을 만드는 데 필요한 아이템인데, 딱 두 개만 있으면 된단다.

하지만 저 지랄맞은 확률 때문에 두 개는커녕 한 개를 구하는 것도 힘들다고 하니.

"어이가 없구먼."

김성식은 혀를 끌끌 찼다.

아무리 생각해도 그런 식으로 돈을 버리는 게 이해가 안 갔으니까.

"차라리 그걸 대로변에서 뿌렸으면 아깝지는 않겠네. 아니면 기부를 하든가. 120억을 기부했으면 절세도 되고 추앙받으면서 살 텐데."

"뭐, 부자들이 그렇죠. 그들은 남의 시선은 신경 쓰지 않습니다."

당장 지금만 봐도 그렇다.

고한병은 현타가 왔다고 이야기했지만, 그건 어디까지나

자신의 삶에 대한 회의감이지 파업하는 노동자들에 대한 측은지심이 아니다.

"그리고 그가 소송하는 이유도 돈을 되찾기 위해서가 아니라 그냥 복수하고 싶은 거고요."

"복수라……."

"좋게 생각하세요. 법이 가진 자들의 복수 수단으로 쓰인 게 한두 번도 아니고. 저는 그렇게 생각합니다. 그게 위법적인 게 아니고, 세상을 조금이라도 좋게 바꾼다면 부자가 복수하는 게 뭐가 나쁘겠습니까? 솔직히 제가 보기에 이건 악으로 악을 상대하는 건데요."

"자네는 게임을 악이라고 생각하는 건가?"

김성식의 말에 노형진은 고개를 흔들었다.

"그럴 리가요. 저도 게임 합니다. 제가 말하는 악은 게임이라는 탈을 쓰고 도박을 유통하는 행위를 뜻합니다."

지금 〈공성전기〉는 극악의 확률로 이루어지는 도박이다. 하지만 게임이라는 이름으로, 산업이라면서 보호받는 꼴이 되어 버렸다.

"만구파 사건에 대해 들어서 아시겠지만 만구파도 결국은 종교였지요."

"하긴, 그랬지."

고개를 끄덕거리는 김성식.

다만 그는 체험적으로 아는 건 아니었다. 만구파 사건을 할 때 그는 새론 소속이 아니었으니까.

하지만 무태식은 그 당시 사건을 일선에서 겪은 사람이었다.

"아, 기억납니다. 그 새끼들, 완전히 북한이었지요?"

"네. 정확하게는 북한식의 주체사상을 교리라는 이름으로 적용하고 있었지요."

다른 점이 있다면 북한은 추앙 대상이 김일성, 김정일, 김정은 삼대인 반면 만구파는 성만구 하나라는 것뿐이다.

"사실 사이비 종교의 교리를 보면 대부분 독재 시스템과 거의 비슷합니다. 그 대신에 그들은 종교라는 이름으로 보호받지요."

"자네가 봤을 때는 이 게임이 그런 거다 이거군."

"맞습니다."

게임의 형태를 띠고 있는 하나의 사업이지만 내면을 둘러보면 평범한 도박이다. 그것도 확률이 더럽게 낮은 도박.

"그걸 막아야 한다는 거죠. 솔직히 게임 강국 대한민국? 그거 거의 구석기시대 이야기 아닙니까?"

게임 플레이에 관해서는 게임 강국일지 모르나 한국에서 나오는 새로운 게임은 거의 없다시피 한 상황이다.

새롭게 론칭하는 게임은 그나마 거의 중국산이고, 한국산 게임들은 게임이라기보다는 도박에 가깝다.

광고만 봐도 플레이를 가능하게 만들었으면 천사다. 지속적으로 캐시템을 지르지 않으면 아예 플레이 자체가 불가능하게 만들어 둔 게임들이 넘쳐 나기 때문이다.

"흠…… 왜 그런지 모르겠네요."

"모든 기업의 공통적인 함정에 빠지는 거죠. 생산자가 생산한 물건을 판매하는 건 판매를 담당하는 영업자니까."

당연히 보이는 건 돈뿐이니 돈을 벌어 온 영업자들이 승진하고 나면 나중에는 물건에 대한 철학이나 개념도 없이 그냥 무조건 어떻게 저걸 비싸게 팔지 고민하는 사람들만 위에 득시글거리게 되는 거다.

"솔직히 기업 입장에서도 백 명이 100만 원씩 써서 1억을 만드는 것보다 한 명이 1억을 쓰게 하는 게 유리하거든요."

일단 서버비도 아낄 수 있고 리스크 관리도 편하니까.

"뭐, 중요한 건 그게 아니죠. 우리는 언제나처럼 일하면 되는 겁니다."

노형진의 말에 김성식은 고개를 끄덕거렸다.

확실히, 자신들은 의뢰를 받았으니 일을 하면 된다.

"하지만 방법이 있을는지……. 솔직히 알게 모르게 이미 소송이 엄청나게 진행되고 있습니다. 아시죠?"

"알죠. 그리고 그건 모두 게임 회사에 의해 차단당하고 있지요."

사실 한국에서 게임의 도박성이 문제가 된 건 하루 이틀 일이 아니다. 수십 년째 그 문제는 심각했고, 한방소프트는 그런 게임계에서도 유독 악명이 높은 회사였다.

"확인해 봤더니 그 안에도 여러 건의 소송이 있더군요."

"당연하죠. 다 고한병 씨 같은 건 아니니까. 도박이라는 게 그렇지 않습니까?"

고한병의 경우 돈이 썩어 문드러지고 할 건 없어서 게임하는 타입이지만, 모든 게임이 그렇듯 중독되어서 하는 사람도 있다.

"더군다나 그 안에 함정도 있고요."

단순 게임 중독이 아니라 〈공성전기〉 같은 경우는 필연적으로 도박 중독 증상도 벌어진다.

"하지만 모두가 그렇게 돈이 넘치는 건 아니니 누군가는 소송을 통해서라도 돈을 찾고 싶어 하겠지요."

진짜 비싼 아이템이라도 하나 터지면 본전을 뽑는다는 생각에 미친 듯이 매달려 봐도 결국 이기는 건 유저가 아니라 게임사다.

마치 카지노에서 이기는 건 늘 플레이어가 아닌 카지노이듯이 말이다.

"네. 그런데 그 모든 소송은 철저하게 묻혔습니다."

노형진은 이미 알고 있다는 듯 다른 사람들에게 말했다.

"일단 소송 결과는 아까 말씀하셔서 알겠지만 전원 패배했습니다."

당연히 억울한 사람들은 언론 플레이라도 하려고 한다.

수십 년 동안 게임 내 도박 중독에 시달린 건 그들만이 아닐 테니까.

"하지만 말입니다, 언론에서도 말을 안 했더군요."

"뭐, 언제 피해자들의 목소리에 귀를 기울여 준 적이 있었나? 게임사에서 제공하는 두둑한 지갑에나 관심이 많은 인간들일 테니까."

결국 아무리 억울하다고 말한다고 해도 결국 뱅뱅 도는 이야기가 될 뿐이다.

"더군다나 판검사 관리는 당연한 일일 테고요."

무태식도 어렵지 않게 알 것 같다는 듯 고개를 끄덕거렸다.

하긴, 한 해에 2조가 넘는 수익을 얻는 회사가 과연 판검사나 국회의원을 관리하지 않을까?

그런 회사라면 온갖 파리가 달라붙기 마련이다.

당장 새론만 해도 파리가 달라붙었지만 척질 수가 없어서 적당히 관리하는 수준 아닌가?

"맞습니다. 그리고 게이머들을 방패 삼아 묶어 버리죠."

"게이머를 방패 삼는다고?"

"〈공성전기〉 같은 건 게임이 아닙니다, 도박이지. 하지만 그들은 게임이라는 이름으로 게이머들에게 자신들을 지켜 달라고 목소리를 높이지요."

게이머들이 몽땅 미쳐서 수억씩 돈을 쓰지는 않는다.

사실 게임 자체에 매달 100만 원씩 쓰는 사람도 많지 않은 게 사실이다.

그나마 핸드폰 게이머라면 조금 쓰고, 다른 게임 컴퓨터나 게임기를 이용해서 하는 사람들은 그다지 쓰지 않는다.

"아까 말씀드렸다시피 그들은 게임이라는 가면을 쓰고 도박을 유통하는 중인 겁니다."

"그러면 자네는 어쩔 생각인가? 하는 꼴을 보니까 솔직히 못 이길 것 같은데."

아예 위법이라면 한방소프트에서 뭔 로비를 했든 노형진과 새론에서 처발라서 이길 수 있다. 이제 새론은 그 정도 힘은 가지고 있다.

하지만 애석하게도 이 게임이라는 문제는 그게 안 된다.

"게임은 도박이 아니니까요, 엄밀하게 말하면."

도박성이 강한 것은 사실이나 게임은 도박이 아니다.

그들은 그렇게 주장하고 있고, 실제로 그 때문에 위법의 영역 밖에 있다.

확실한 불법이 아니라 애매한 경우는 노형진과 새론에서 이기는 게 힘들다.

"물론 무리하면 이길 수야 있겠지만 그건 좋은 생각은 아닙니다."

"그래. 그렇게 되면 다른 멀쩡한 게임들까지 모조리 죽어 나갈 테니까."

"웃긴 거죠."

정작 규제해야 하는 도박성 게임에는 손도 못 대면서 이런 판례가 생기면 진짜 스트레스 해소용 청소년 게임들은 정신병이니 마약이니 하면서 막으려고 혈안이 되어 있다.

"결국 이권 문제니까요."

애들이 하는 게임들을 두들겨 패야 학부모들의 표가 나오고, 애들이 게임을 하면 정신이상으로 몰아가야 정신과 치료를 받으러 오니까.

하지만 〈공성전기〉 같은 게임에는 손을 못 댄다. 그냥 만만한 애들용 게임만 거품을 물면서 망하라고 지랄하는 게 현실이다.

"그러면 결국 밖에서 싸워야 한다는 건데, 음…… 솔직히 말해서 난 힘들 거라고 보네. 〈공성전기〉의 악마적 도박 중독성이야 뭐 수십 년째 나오는 말이지만 단 한 번도 안 고쳐졌고."

노형진은 김성식의 말에 고개를 흔들었다.

"오해하셨네요. 저는 그걸 고칠 생각은 없습니다. 애초에 〈공성전기〉와 한방소프트는 고쳐 쓸 수 있는 수준이 아니고요."

"하긴, 자네는 사람을 고쳐 쓴다는 것에 대해 회의적이었지?"

"회의적이라기보다는 현실적인 거죠."

그 한 명을 고쳐 쓰기 위해 격리하는 것도 아니고 사회에 풀어 두면, 과연 얼마나 많은 사람들이 고통받을까?

"〈공성전기〉나 한방소프트도 마찬가지입니다. 그들은 절대 안 바뀝니다. 돈맛을 봤으니까요. 그리고 애초에 우리가 받은 의뢰도 그들을 정상으로 돌려 달라는 게 아니었고요."

의뢰는 복수해 달라는 거지 게임 회사를 정상으로 돌려 달라는 게 아니었다.

"그리고 아시겠지만 〈공성전기〉는 처음부터 정상인 적이 없었던 게임입니다."

이제 와서 정상적인 게임으로 돌려 달라고 하면 과연 한방 소프트에서 그 말에 따를까?

"그러니까 우리는 복수에 충실하면 됩니다."

"그게 문제 아닙니까? 복수요."

한국에서는 언론도 법원도 그들 편이다.

"테러라도 하지 않는 이상에야."

"하하하, 테러라니요. 그럴 리가요. 우리는 법대로 할 겁니다."

"법대로?"

"네. 다만 한국 법이 아니라 중국 법에 따라서요."

"뭐?"

"중국 법이라니요?"

그 말에 다들 깜짝 놀랐다.

물론 노형진에게 해외의 법에 대한 지식이 어느 정도 있다는 것은 알고 있고, 그걸 잘 이용한다는 것도 안다.

하지만 보통은 미국이나 유럽이었는데 갑자기 중국이라니?

"전 세계에서 게임을 가장 혐오하는 나라가 어디일까요? 한 나라를 지도하는 지도자 레벨에서요."

"우리나라 아닌가?"

유럽이나 미국은 그런 것에 자유로운 편이고, 일본은 애초에 전 세계에서 가장 유명한 게임기 프랜차이즈가 몇 개씩 있는 나라다.

그에 반해 한국은 언론과 학부모 그리고 종교 단체에서 게임을 하면 애들의 미래가 망가진다며 매일같이 게임 규제를 외쳐 댄다.

"아닙니다. 중국입니다."

"중국이라고?"

"제가 지난번에 살짝 말씀해 드리지 않았던가요? WHO의 게임 질병화의 근거에 대해서요."

"아, 그랬지. 그때 WHO의 게임 질병화의 근거 전부가 중국의 논문이라고 했던 게 기억나네."

"맞습니다."

다른 나라에서는 게임이 질병이라거나 마약이라거나 하는 연구 결과가 없다고 공식적으로 선을 그었다.

"하지만 한국도 그런 게 있다고 들었는데요."

"네, 그런데 그건 엄밀하게 말하면 중국 거죠."

일단 중국에서 자기들 사상에 맞게 게임은 질병이라는 논문을 발표하게 한다. 그리고 WHO는 게임이 질병이나 마약이라는 그 논문을 근거로 질병화를 결정했다.

그러면 한국은 그것과 그 논문을 가지고 와서, 일부 세력에서 게임이 나라를 좀먹고 있다며 모든 게임을 불법화해야 한다고 고래고래 소리를 지른다.

"이 차이는 엄청나게 큰 겁니다."

한국이야 자기들 주장에 맞는 논문을 취사선택하는 것이지만 중국 같은 경우는 아예 자기들이 새로운 논문을 만들어 낸다.

"조작된 자료를 그저 써먹는 사람과 조작된 자료를 만들어 내는 사람, 어떤 사람의 혐오감이 더 강하겠습니까?"

"그렇군. 아무래도 그걸 만드는 사람이겠지."

'실제로 중국의 게임 혐오는 아주 극단적이지.'

아직 그럴 시기가 아니지만 몇 년 후에 공산당은 중국 내에서 게임을 거의 금지시키다시피 한다.

12세 미만은 아예 금지고, 19세 미만은 하루에 세 시간, 그것도 금, 토, 일 사흘간 하루에 한 시간씩만 할 수 있게 해 버린다.

문제는 그 시간에 게이머들이 몰리면서 서버가 감당할 수 준이 아니게 된다는 거다.

그렇다고 그날 그 세 시간을 위해 서버를 미친 듯이 늘려 놓을 수도 없고 말이다.

그렇다 보니 툭 하면 서버가 터지고, 플레이 가능 시간은 한 시간인데 접속 대기 시간이 세 시간이 뜨는 일이 벌어지게 된다.

결과적으로 중국 내부에서 게임을 때려잡겠다는 그 행위로 인해 중국 게임계는 아주 난리가 났다.

심지어 판호, 그러니까 신규 게임의 허가 자체도 금지되어 버렸다.

'그런데 그 피해는 아이러니하게도 한국이 입었단 말이지.'

왜냐하면 게임 론칭이 불법이 되어 버린 거지, 게임 개발 자체는 합법이니까.

그렇다 보니 중국의 기업들은 눈깔이 돌아가서 한국 시장에 매달렸다.

한국 게임의 경쟁력은 사라진 지 오래고 미국이나 일본은 게임기를 기반으로 하는 게임 시장이 상당히 크다 보니 한국처럼 미친 듯한 현질을 유도하는 생태계가 갖춰지지 못했다.

물론 두 나라도 가챠가 없는 건 아니고 실제로 두 나라의 정부에서도 가챠를 심각하게 바라보고 있기는 하지만, 최소한 그 나라는 다른 대안이 될 만한 게임기 시장이 있다.

하지만 한국은 아예 그런 대안 자체가 없는 환경이다.

한국 기업들은 좋은 게임이 아니라 돈이 되는 도박 게임을 만드는 법만 배웠고, 그걸 다시 중국이 받아들여서 적용한 자기들 게임을 한국에서 팔아먹었다.

그 때문에 한때 게임 강국으로서 세계를 지배했던 '게임 대한민국'은 중국 게임들에 의해 지배받는 꼴이 되어 버렸다.

'내가 그런 꼴을 두고 볼 수는 없지.'

노형진이 단순히 돈을 두둑하게 준다고 해서 나선 건 아니었다. 먼저 나서서 한국 내부를 정리해 놔야 그 꼴을 면하기 때문이다.

'상처를 치료하기 위해서는 고름부터 짜내야지.'

그리고 노형진이 봤을 때 〈공성전기〉 같은 게임은 결국 고름이다.

"그러니까 말입니다, 일단은 중국을 이용해서 〈공성전기〉와 한방소프트에 타격을 입히도록 하지요."

"하지만 대체 어떤 식으로 말인가?"

"간단합니다. 아까도 말씀드렸다시피 판단 기준을 중국 법에 두면 됩니다. 〈공성전기〉는 중국에서도 서비스하니까요."

〈공성전기〉는 전 세계 론칭을 시도한 1세대 게임 중 하나다.

하지만 그 수익 구조에서는 1등이 중국, 2등이 한국, 3등이 일본이다.

그나마도 3등은 3% 정도의 낮은 수익률을 보인다.

즉, 〈공성전기〉의 수익 대부분이 중국과 한국에서 나온다는 소리다.

"아무리 한방소프트라 해도 중국에 로비하지는 않았을 겁니다. 물론 아예 안 하지는 않겠지만, 욕심 많은 그들의 성격상 최고 라인까지는 선이 닿지 않을 겁니다. 거기에 선이 닿으려면 진짜 어마어마한 로비 자금이 필요하니까요. 그리고 이미 〈공성전기〉는 한국에서 성공한 수익 모델이 있습니다. 중국에서 과연 그걸 쓰지 않았을까요?"

당연히 썼다.

실제로 〈공성전기〉의 수익의 절반 이상이 중국에서 나온다. 그들은 〈공성전기〉 성공 이후 모든 게임을 〈공성전기〉 스타일의 결제 시스템으로 운영한다.

"그런데 중국에서는 그런 소송이 있었을까요, 없었을까요?"

"음, 있었을 것 같은데."

"물론 있었지요. 졌지만."

중국도 사람이 사는 나라다. 그리고 어떤 면에서는 돈이라는 게 훨씬 더 잘 먹히는 나라다.

한국에서도 돈으로 사건을 묻어 버렸는데 과연 중국에서 졌을까?

"그러면 의미가 없는 거 아닌가요?"

"의미가 없는 건 아니죠. 돈이 먹히는 거니까."

"네?"

"한국은 우리가 나서야 합니다. 우리는 돈을 못 쓰죠."

"아!"

새론이라는 이름으로 돈을 쓴다면 지금까지의 새론이라는 공명정대한 이름이 더러워진다.

그리고 그로 인해 다른 로펌이나 법률 회사의 공격을 받게 될 가능성이 커진다.

"하지만 중국은 우리 소관이 아니니까요."

적당한 힘과 적당한 돈, 그걸 써서 중국에서 재판을 뒤집을 수 있다.

"그리고 공개적으로 때릴 수도 있죠. 돈만 있다면."

공개적으로 언론에서 미친 듯이 떠든다면?

"아마 한방소프트는 난리가 날 겁니다."

"하지만 그래도 한방소프트에서 막으려고 할 텐데요?"

무태식의 말에 노형진은 씩 웃으며 말했다.

"제가 원하는 게 그겁니다, 후후후."

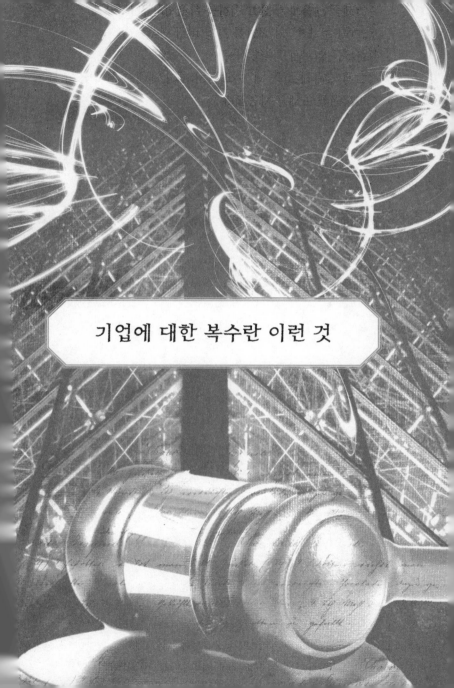

기업에 대한 복수란 이런 것

기업에 대해 복수한다고 하면 상당히 애매한 부분이 있다.

왜냐하면 기업은 사람이 운영하는 것이기 때문이다.

하지만 그렇다고 해서 정말 기업이 곧 사람인 것은 아니다.

"감옥을 보내거나 두들겨 팰 수도 없고요."

물론 그 업무를 담당하는 자가 있기는 할 거다.

하지만 그 사람이 위의 압력에 의해 어쩔 수 없이 한 거라면, 그에 대한 보복이 과연 정당한가? 아니면 지금처럼 그들의 행동이 현재로써는 위법성이 확실하지 않다면, 과연 그 보복은 정당한가?

"그러면 복수를 못 한다는 건가요? 설마 노 변호사님이 겁먹고 안 하신다는 건 아닐 테고."

고한병은 고개를 갸웃했다.

그럴 수밖에 없는 게, 노형진의 말이 제대로 된 공격이 곤란하다는 것처럼 들렸으니까.

"그럴 리가요. 저 성화를 날려 버린 사람입니다."

그때는 대룡과 손잡고 성화를 날렸지만 지금은?

혼자서도 성화를 날려 버릴 정도의 힘을 가지고 있다.

하물며 한국의 대기업도 그렇게 날려 버릴 수 있는데, 아무리 잘나간다지만 결국 한방소프트는 게임 회사다.

"그러면요?"

"복수하기 위해 오시라고 한 겁니다."

"복수요?"

"네. 원래 복수는 말입니다. 자기 손으로 하는 게 제일 깔끔하고 속이 시원하지요."

"하지만 그게 안 되니까 변호사를 사는 거 아닙니까?"

그냥 자기 돈으로 다 죽여 버려도 되면 그걸 선택할 사람들은 넘쳐 난다.

하지만 그건 법에서 막고 있다.

사적제재가 실행된다면 극단적 살해와 치안 붕괴가 벌어질 테니까.

'물론 한국은 그게 좀 개판이지만.'

사적제재를 막기 위해서는 합당한 보복을 해야 하는데, 한국은 이상하게도 법률 시스템 자체가 가해자 위주로 구성되

어 있어서 제대로 된 복수가 이루어지지 않다 보니 국민들의
불만이 엄청나게 쌓여 있다.

"알죠. 하지만 복수를 가장 깔끔하게 하려면 스스로 해야
한다는 거죠."

"저보고 소송하라고요?"

"소송이 아니라 복수에 동참하라는 겁니다."

"동참?"

"네. 아까 이야기로 돌아가죠. 기업에 과연 어떤 식으로
복수해야 할 것인가? 저는 말입니다, 기업에 대한 가장 큰
복수는 주가 하락이라고 생각합니다."

인간이 아닌 기업의 생명줄은 공기가 아니라 돈이다.

돈이 마르면 기업은 흔들리기 마련이다.

"그리고 누군가가 주가를 공격해 들어가는 건 불법이 아니
거든요."

"불법은 아니다라……. 하지만 지금 한방소프트 주가가
엄청나게 높은데……."

그걸 사서 뭘 하기에는 여러모로 곤란한 게 사실이다.

"압니다. 그래서 저는 공매도를 제의하는 겁니다."

"공매도요?"

"네. 우리가 한방소프트의 주가를 폭락시킬 겁니다."

"어떻게요?"

"중국을 이용해서요."

노형진은 계획을 자세하게 설명했다.

설명을 들은 고한병은 입을 쩍 벌렸다. 그건 생각도 못 해 봤으니까.

하지만 생각해 보니 노형진의 계획이 마냥 불가능한 것만은 아니었다.

"확실히 그러면 가능하겠네요. 변호사 비용이야 뭐, 제가 내면 되는 거고."

확실히 변호사 비용이 들기는 하겠지만 자신은 돈이 썩어 문드러진다. 변호사 비용 정도야 얼마든지 내줄 수 있다.

"아니요. 그 돈으로는 안 될 겁니다."

"뭐라고요?"

노형진의 말에 고한병은 고개를 갸웃했다.

"중국은 변호사 비용이 몇백억이라도 한답니까?"

"하하하, 그럴 리가요. 한국보다는 싸지요."

"그런데요?"

"중국에서 재판에 들어가면 한방소프트에서는 로비를 통해 이기려고 할 겁니다. 매번 그래 왔으니까요."

당연히 그냥 두면 자신들이 질 수밖에 없다. 그러니 그걸 막기 위해서는?

"당연히 우리도 로비해야 합니다. 한방소프트와 마찬가지로 말입니다. 그걸 위한 공매도 세력의 모집인 거고요."

쉽게 말해서 한방소프트와 공매도 세력 간의 일종의 세력

싸움이 된다는 거다.

"나 혼자라면 돈이 꽤 부담이 되겠네요."

"그 정도는 아닐 겁니다. 하지만 적은 돈은 아니겠죠. 쉽게 말해서 투자 개념으로 접근하시면 됩니다. 아무리 한방소프트라고 해도 로비에 수백억씩 투자할 수는 없으니까요."

한방소프트는 기업이다. 당연히 회계 감시 시스템을 보유하고 있다.

그 때문에 그들이 불법적인 로비를 하는 데 투입할 수 있는 돈에는 한계가 있다.

"한 100억? 그 정도라면 어찌어찌 로비 자금으로 투입할 수 있을 겁니다. 그렇지만 그 이상은 힘들죠."

왜냐하면, 그 정도 돈이 비면 메꾸거나 하는 게 무척이나 힘들기 때문이다.

"엄밀하게 말하면 그건 횡령입니다."

"저 혼자도 100억 정도는 낼 수 있는데요."

"더 큰 이익을 위한 공격인 겁니다. 복수를 단순히 주가 조금 떨구고 마실 거라면 상관없습니다만."

하지만 부자들은 그런 게 없다. 도리어 복수할 때는 확실하게 해야 한다는 걸 안다.

그러지 않으면 기어올라서 자신을 물어뜯으려고 할 테니까.

"하긴, 그건 그러네요. 한방소프트가 위기를 벗어나면 복수하려고 할 테니까."

"그러니까 세력을 모아야 합니다. 마이스터에서도 어느 정도 동참한다고 했습니다."

"오!"

당연하게도 마이스터에서 도와준다면 승리 확률은 더더욱 높아질 것이다.

"그러면 제가 뭘 어떻게 하면 됩니까?"

"음, 간단하게 말씀드려서, 인맥을 통해 공매도에 참가할 유저분들을 모으시면 됩니다."

"공매도에 참가할 유저요?"

"애초에 게임을 소개받은 곳이 헬스클럽이었다면서요?"

"네, 맞습니다. 하긴, 거기는 같이 게임 하는 사람들이 한두 명이 아니었으니까."

그들만 있는 것도 아니다. 게임 내부에서 같은 길드에 소속된 사람들도 있다.

애초에 〈공성전기〉의 길드는 아무나 들어갈 수 있는 데가 아니다.

〈공성전기〉의 경우 한 길드의 총인원은 대략 백 명이다.

말로는 공성전에서 수적으로 압도적으로 처바르는 걸 막기 위해서라는데, 사실은 그게 아니라 경쟁을 붙여서 무기나 장비가 좋은 쪽이 압도적으로 처바를 수 있게 하기 위해서다.

"하긴, 우리 길드가 좀 쩔죠."

당연히 그만큼 소위 말하는 템이 되는 사람이 아니면 안 받아 주는 길드가 대부분이었고, 예상대로 고한병이 가입된 길드는 절대 힘이 없는 길드가 아니었다.

"그러니까 그곳에 이야기해 주시면 감사하겠습니다."

"공매도를 할 사람들이라……."

고한병이 들어갈 정도의 길드라면 영혼까지 털어서 대출 받아도 못 들어가는 길드다. 최소한 고한병처럼 돈이 썩어 문드러지는 타입이라는 거다.

그런 사람들이 〈공성전기〉에 공매도를 친다고 하면 당연히 누군가는 끼어들 거다.

"하지만…… 솔직히 말하면 다 들어오지는 않을 것 같은데요."

"길드 내부에서 말입니까?"

"네. 저야 뭐 현타가 와서 이러는 거지만 불만이 없는 사람도 있고."

노형진은 고개를 끄덕거렸다. 그걸 몰라서 그러는 게 아니다.

애초에 복수하기 위해 공매도에 필요한 자금? 그건 노형진 혼자서도 커버할 수 있다.

"압니다. 그러라고 그러는 겁니다."

"네?"

"누군가는 분명 이 사실을 한방소프트에 알릴 겁니다. 그리고 그게 제가 원하는 거고요."

노형진은 자신 있게 말했다.

"안다고 해서 다 막을 수 있는 게 아닙니다. 때때로 모르
는 게 약이 되는 경우도 있지요, 후후후."

"뭐? 공매도?"

한방소프트.

〈공성전기〉를 시작으로 몇몇 게임들이 대박이 난 기업이
다.

그곳의 대표인 최강도는 생각지도 못한 이야기에 깜짝 놀
랐다.

"그게 무슨 소리야? 공매도라니?"

"그, 지난번에 우리 회사에 찾아온 병신 새끼 하나 있지
않습니까?"

"야, 그런 새끼가 어디 한두 명이야? 안 오는 날보다 오는
날이 많잖아! 그리고 그런 거 나한테 보고하지 않게 된 지 벌
써 몇 년인데."

그런 개돼지에 대해서까지 하나하나 보고받을 필요가 없
다면서 이야기하지 못하게 막아 놓은 최강도였기에 그런 일
에 대해서는 아는 게 없었다.

"아, 그게 말이지요. 그러니까 어떻게 된 거냐면…….."

고한병이 찾아왔다가 경찰이 끌고 나갔다는 아주 평범한 일상에 대해 말한 부하 직원은 침을 꼴깍 삼켰다.

"그 후에 계정을 안 빼앗았어?"

"계정을 빼앗을 수가 없었습니다. 일단 큰손이기도 하고."

"고작 120억 쓴 새끼가 큰손은 무슨."

"일단 변호사를 살 여건은 되지 않습니까?"

계정을 빼앗는 건 확실한 증거가 있어야 하는데 그게 없다.

물론 힘이 없는 병신 새끼라면 뭐라고 지랄하든 계정을 막아 버리면 찍소리도 못 하겠지만, 애석하게도 상대방은 돈이 적잖이 있는 사람.

"그래서 계정 자체는 놔뒀습니다. 법무 팀에서도 확실하게 못 박았고요, 계정을 빼앗는 건 위험하다고."

"씨발, 그러면 지금이라도 빼앗아야 할 거 아냐?"

최강도는 눈을 찡그렸다.

하지만 그다음 말에 자신의 귀를 의심해야 했다.

"힘들 것 같습니다. 변호사를 샀는데, 새론이랍니다."

"새론? 지금 새론이라고?"

"네, 새론이랍니다. 그것도 노형진 변호사라고."

그 말에 최강도는 등골이 서늘해지면서 공포가 밀려왔다.

새론이라는 이름도 부담스럽지만 노형진이라는 이름은 두

려움 그 자체다.

사업하는 사람 중에서 노형진이라는 이름을 모르는 사람이 얼마나 되겠는가?

"확실해?"

"확실합니다. 안 그래도 로그를 확인해 봤습니다만."

채팅창을 이용해서 대화했기에 그 내용을 확인하는 건 어렵지 않았다.

그런데 그 로그에 따르면 그 유저는 새론, 그것도 노형진과 손잡았고, 마이스터에서는 한방소프트에 대한 공매도를 준비 중이라고 했다는 거다.

그리고 그 유저는 같이 게임을 하던 사람들에게 공매도에 참가하지 않겠느냐면서 혹시나 같이할 사람들이 있으면 끼라고 이야기했다는 것.

"이런 미친! 지금 당장 그 새끼 계정을 막아! 아니, 그놈 이름은 뭐야?"

"고한병이라고 합니다."

"그래, 그 새끼 계정 막아 버려!"

"네, 알겠습니다."

하지만 그들은 모르는 게 있었던 게, 고한병은 이미 게임에서 손 털었다는 거다.

아이템과 계정은 모조리 팔아 버린 상태였기에 이제 와서 막는다고 한들 애초에 그의 이름으로 된 계정 자체가 없는 상황이었다.

그리고 로그가 남을 걸 알면서도 굳이 채팅창에 떠들라고 한 건 바로 노형진이었다.

사실 고한병이 몰래 사람을 모집하려고 한다면 못 할 것도 없다. 이미 길드원들과 전화로 연락을 주고받는 사이이기도 하고 단체 채팅방도 존재하니까.

하지만 그럼에도 불구하고 굳이 로그가 남는 채팅으로 그런 이야기를 한 건 노형진이 한방소프트를 자극하라고 해서였다.

아마 게임 내부에서는 길드를 통해 빠르게 공매도에 대해 소문나기 시작할 테니까.

'이런 씨팔.'

최강도는 등골이 서늘해졌다.

사실 그에게 있어서 유저들은 게임에 수십억 수백억을 미친 듯이 써 주는 호구들일 뿐이었다.

하지만 공매도 이야기가 나오자 갑자기 등골이 서늘해졌다.

호구이기는 하지만 돈 많은 호구다. 그것도 자신에게 원한을 많이 가진 호구.

"관리 철저하게 해. 각 사이트에 협조 요청문 보내서 공매도 이야기 나오면 무조건 삭제시키고."

"그런다고 막힐까요?"

"막아야지, 그럼!"

"아니, 그게 아니라, 마이스터에서 작심하고 공매도를 치려고 한다는 건 우리 약점을 잡았다는 건데……."

공매도라는 게 뭔가? 주가가 폭락한다는 걸 감안하고 하는 일종의 폭탄 돌리기 아닌가?

즉, 한방소프트의 주가가 어마어마한 규모로 폭락할 거라는 뜻인데…….

"약점? 우리 게임에 약점은 없어. 〈공성전기〉는 가장 완벽한 게임이야. 이 세상에서 가장 잘 만들어진 게임이라고. 공매도? 할 테면 하라지."

최강도는 자신했다. 자신이 만든 〈공성전기〉는 절대 망하지 않는다고.

노형진이 화상회의를 준비하는 사이 옆에서 여러 가지 서류를 정리하던 무태식이 뭔가 생각난 듯 말했다.

"한방소프트의 이름이 왜 한방소프트인지 아십니까?"

"네? 아뇨. 생각해 보진 않았는데요."

무태식의 말에 노형진은 고개를 갸웃했다.

소송을 준비하고 있는 입장이긴 하지만 딱히 회사 이름에 신경 쓰진 않았으니까.

"제가 자료를 찾다 보니까 이유가 나오더군요. 인터뷰를 했던데, 큰 거 한 방을 노려서 그런 거랍니다."

"큰 거 한 방?"

"네. 일확천금을 노린다는 거죠."

노형진은 그 말에 고개를 끄덕거렸다.

그런 타입의 인간이라면 지금 벌어지는 상황이 이해되기는 한다.

그 일확천금이라는 걸 과연 합법적인 방법으로만 얻을까?

'그럴 리가 없지.'

애초에 게임 시스템을 보면 거의 도박의 게임화다.

그건 욕할 게 아니다.

하지만 그만큼 도박 시스템을 알고 조사를 위해 파고들지 않으면 이런 결과는 나오지 않는다.

그러니까 게임에 도박이 묻은 게 아니라, 처음부터 도박에 맞춰서 게임을 설계한 거다.

"뭐, 한 방이든 두 방이든 무슨 상관이겠습니까? 아니, 상관은 있네요. 그러다가 한 방에 훅 가니까."

노형진은 씩 웃으며 말했다.

"그나저나 화상회의라니 의외네요. 노 변호사님은 현장으로 가는 걸 선호하는 타입 아니신가요?"

"그건 그렇습니다만, 현실적으로 지금 중국으로 갈 수는 없지 않습니까? 가면 한 달을 날려 버리는 건데."

"하긴, 그것도 그러네요."

중국은 현재 코델09바이러스가 기승을 부리고 있다.

그래서 한국은 일찌감치 중국에서 오는 모든 사람들에 대해 2주간의 의무 격리 절차를 만들었다.

그건 중국도 마찬가지.

중국이 과연 보복하지 않을까?

당연하게도 중국도 상호주의라고 주장하면서 한국의 코델09바이러스가 잘 관리되고 있음에도 불구하고 2주간의 의무 격리 절차를 만들었다.

그러니까 가서 찍고 바로 온다고 해도 양쪽에서 2주씩 최소한 한 달은 격리로 시간을 보내야 하는데, 노형진은 그럴 생각이 없었다.

"그리고 뭐, 그걸 제가 직접 나선 것도 아니니까요. 제가 한국 변호사이지 중국 변호사는 아니지 않습니까?"

즉, 중국에 가도 할 수 있는 것에는 한계가 명확하다는 거다. 그러니 굳이 그렇게 시간을 버려 가면서 중국으로 갈 생각은 없었다.

"그래서 이렇게 화상회의를 하시는 거군요. 그러면 로펌은 결정된 건가요?"

"로펌은 아니고 변호사입니다."

"변호사요?"

"네. 그리고 결정은 이제 해야지요. 어차피 딱히 왕복을 할 수 있는 처지가 아니니까 우편으로 계약서를 나눠야겠지만요. 그것도 격리 기간이 있어야 하니 좀 걸리겠네요."

로펌도 아닌 변호사라는 말에 무태식은 고개를 갸웃했다.

노형진 정도면 중국에서도 충분히 초대형 로펌을 고용할 수 있는데 고작 변호사라니?

그 두 개는 같은 업무를 하지만 또 다르다.

"아, 시간이 된 것 같네요. 잠시만요."

노형진은 능숙하게 접속 프로그램을 이용해서 화상회의에 들어갔다.

그러자 잠시 후 노형진의 모니터에 예쁜 여자 한 명이 모습을 드러냈다.

-안녕하십니까! 리우 시앤이라고 합니다! 리우라고 불러주시면 됩니다.

그렇게 말한 젊은, 아니 어린 여자 변호사는 그 뒤로 눈만 데굴데굴 굴렸다.

딱 봐도, 발음도 그렇고 아는 한국어는 저 말이 끝일 거라는 걸 알 수 있을 정도.

너무 어린 모습에 깜짝 놀란 무태식이 살짝 마이크를 가리고는 조심스럽게 노형진에게 질문을 던졌다.

"저기, 노 변호사님? 아무리 봐도 너무 어린 거 아닌가요? 아무리 봐도 20대 초중반 같아 보이는데."

"어리죠. 올해 스물네 살인가 그럴걸요. 올해 초임 변호사고요. 아마 사건 경험도 거의 없을 겁니다."

"네?"

무태식은 어이가 없어서 화면 건너편에서 생글생글 웃고 있는 리우 시앤을 바라보다가 혹시나 알아들을까 싶어서 더더욱 목소리를 낮춰서 물었다.

"아니, 왜…… 능력 좋은 변호사들을 두고 하필이면 이런 초짜 변호사를? 물론 실력이야 알 수 없지만요."

그렇게 말하고는 슬쩍 리우 시앤을 보는 무태식.

여전히 웃고 있는 걸 보니 확실히 한국어는 모르는 모양이다. 아니면 마이크가 확실하게 막혀 있든가.

"아무래도 이해가 안 가는데요. 예쁘기는 합니다만, 그게 끝 아닙니까? 이건 사건이……."

"알고 있습니다. 중요하죠. 그래서 이분을 선택한 겁니다."

"네?"

"일단 이따가 이야기하죠."

"네, 그러죠."

두 사람은 일단 동의하고는 리우 시앤과 이야기하기 시작했다.

"영어 가능하시죠? 제가 중국어는 좀 잘 못해서요."

-네, 가능합니다.

"그러면 영어로 이야기하죠. 사전에 설명드렸다시피 이번 소송은 중국에서 서비스 중인 〈공성전기〉에 관련된 건입니다. 소송의 목적은, 간단하게 말해서 사람을 속여서 도박으로 끌어들여서 쓰도록 한 돈을 돌려받기 위한 것이고요."

-네, 들었습니다.

"리우 변호사님은 저희 새론을 대신해서 중국에서 소송을 진행하는 현지 대리인 역할을 맡으실 겁니다. 물론 그 과정에서 이번 사건에 한해서 마이스터를 대리하는 것도 아시죠?"

-네, 알고 있지요.

"단순한 문제는 아닙니다. 메일을 봐서 아시겠지만 단순히 변호사로서 출석해 달라는 게 아닙니다. 〈공성전기〉를 즐기는 유저들 중에 소송하고자 하는 사람들도 찾아야 합니다. 그리고 지금은 위험한 시기고요."

중국에는 코렐09바이러스가 퍼져 있다.

중국의 방역은 믿을 수가 없다. 결국 개인이 알아서 해야 한다는 거다.

-어떻게 해서든 해내겠습니다. 한편으로는 기회라고 생각합니다. 게이머들 중에 상황이 안 좋아져서 돈을 구하려고 하는 사람들이 늘어났을 테니까요.

리우 시앤은 침을 꿀꺽 삼키며 말했다.

자신이 변호사로서 성공하지 못할 거라 생각했다. 그런데 이 정도 규모의 사건이 들어왔으니, 그녀는 이번 기회를 꼭 잡고 싶었다.

'왜 나 같은 변호사를 불렀는지 모르겠지만 어떻게 해서든 기회를 잡겠어.'

대형 로펌도 아니고, 심지어 그녀는 직원 하나 없이 혼자 일하는 변호사다.

그런 변호사에게 다른 곳도 아닌 마이스터의 대리인이 의뢰한 것은 상상도 못 할 일이었다.

"다만 그 과정에서 현실적인 문제가 있을 수 있을 겁니다. 아시겠지만…….."

-중국의 법률 문화는 저도 잘 압니다. 그 정도 상식은 있습니다. 그리고 원하시는 게 뭔지도 충분히 알고 있습니다.

"그러면 다행이군요. 애초에 이런 사건은 리우 변호사님이 생각하는 것보다 더 정치적인 부분이 있으니까요."

-알고 있습니다.

"그러면 더 궁금하신 점 있나요? 대부분의 내용은 이미 이메일로 설명드리긴 했습니다만."

-아, 그러면 몇 가지만…….

그렇게 리우 시앤과 몇 가지 질답을 주고받으며 상황 파악을 확실히 한 노형진은 얼마 후 계약서를 우편으로 보내겠다고 말하면서 계약을 확정지었다.

"계약에 따라 수임료는 3만 달러입니다. 그리고 그 과정에서 들어가는 로비에 필요한 비용은 전부 이쪽에서 부담하는 거고요."

-감사합니다. 감사합니다.

무려 3만 달러라는 돈. 원화로 약 3,500만 원이다.

중국의 환율을 생각하면 절대 적은 돈이 아니다.

법대를 졸업하느라 막대한 빚을 진 리우 시앤이 집안의 빚을 한 방에 털어 낼 수 있는 큰돈이다.

"물론 승소 비용은 계약에 따라 더 지급할 겁니다."

-감사합니다.

"무슨 일 생기면 연락 주세요."

노형진은 인사를 건네고는 화상회의 프로그램을 껐다.

그러자 옆에서 기다리던 무태식이 재빨리 붙었다.

"노 변호사님, 상식적으로 이해가 안 가는데요. 아까는 좀 말하기 그래서 안 했지만 저 정도면…… 새파란 새끼 변호사 아닙니까? 실무는커녕 아예 재판정에 서 본 적이나 있을는지……."

노형진은 무태식의 말에 씩 웃었다.

"압니다. 그래서 제가 리우 시앤을 고른 거고요."

"네?"

"혹시 무태식 변호사님은 중국의 변호사가 되기 위한 방법을 아십니까?"

"모르죠."

"중국도 한국처럼 사법 고시 형태입니다. 정확하게는 법률직업자격고시라고 하죠."

한국은 사법 고시가 사라졌지만 중국은 아직 운영되고 있다.

그리고 그렇게 시험에 합격하면 1년의 수습 기간을 거친 후에 변호사 자격이 부여된다.

"리우 시앤은 올해 새로 자격을 받은 변호사죠."

"그러면…… 으음…… 더 답답한 거 아닙니까?"

경험이 조금이라도 있으면 모르겠는데 경험 자체가 없는 변호사라니.

"하하하, 그래서 저는 더 좋다고 생각합니다. 선이라는 게 없으니까요."

"네? 그게 무슨 말씀이십니까?"

"리우 시앤은 법률직업자격고시에서 아주 좋은 성적을 얻었습니다. 3등이었죠."

그리고 유수의 로펌에 수습으로 들어갔다고 한다.

일반적인 경우 그곳에서 수습이 끝나면 새롭게 변호사로서 시작하기에 다들 그럴 거라 생각했다.

그런데 어째서인지 리우 시앤은 그곳에서 수습이 끝나기 무섭게 튕겨 나왔다.

"뭐, 내부적으로 무슨 문제가 있었던 모양입니다만."

다만 그게 어떤 문제일지 예상하는 건 어렵지 않았다.

'예쁘고 똑똑하고 어린 여자가 옆에 있는데 중국인 권력자들의 눈깔이 안 돌아갈 리가 없지.'

어찌 되었건 그녀는 튕겨 나왔다.

수습 기간은 채웠으니 변호사가 되기는 했지만 어디에도

갈 수가 없다. 권력자들에게 찍혔을 테니까.

"그래서 그렇게 허름한 건물에 들어간 거군요."

"네."

주변에 다른 변호사 사무실도 없는 그런 곳에서 사무실을 차려 봐야 사람들이 잘 찾아오지도 않지만 어쩌겠는가, 다른 곳에 갈 돈도 없는데.

"그런데 왜 굳이 저 사람을?"

"아까도 말했다시피 저 사람은 위에 찍혔을 겁니다. 이걸 반대로 말하면, 아직 선이 없다는 소리죠."

"선이 없다?"

"이 사건은, 재판정에서의 재판은 사실 거의 무의미합니다."

중국이라는 특성, 그리고 막대한 돈이 걸려 있다는 특성상 답은 외부에서 로비로 정해질 테고, 그 로비에 따라 재판정에서의 결과가 바뀔 거다.

"그 말은, 그녀에게 어느 쪽이든 접근할 수 있다는 거죠."

"접근요?"

"제가 굳이 중국에서 변호사를 선임했는데 중국 정부에서 가만히 있겠습니까?"

"아!"

당연히 그녀에게 접근해서 모든 걸 토해 내라고 할 게 뻔하다.

중국인인 이상 리우 시앤은 중국 공산당의 말을 거부할 수가 없다.

그녀가 수습으로 일하던 로펌에서 자신을 지키는 것과 별개로, 중국 공산당을 거부하면 그녀 자신뿐만 아니라 가족의 목숨조차도 위험해진다.

"당연히 그녀는 저와 관련된 모든 것을 이야기할 겁니다. 그러라고 이야기해 놨고요."

"그러면?"

"네, 아마 권력자들이 너도나도 연락해 오겠지요."

그럴 가능성이 크다.

지난번 마스크 은닉 사건으로 많은 공산당 위원들의 모가지가 날아가면서 생겨난 자리를 차지한 사람들은 어떻게 해서든 주머니를 채우고 싶다는 생각이 간절할 테니까.

"그래서 제가 그녀를 고른 겁니다. 대형 로펌이나 유명 변호사요? 물론 그들을 쓸 수는 있겠지요. 하지만 현실적으로 재판이 그다지 의미가 없으니까요."

그리고 중국에서 힘이 있다는 것 자체가 어떤 식으로든 공산당 내부와 연이 있다는 의미라고 봐야 한다.

수백조짜리 기업이라도 일단 공산당에 찍히면, 회장이 끌려가고 회사를 통째로 상납해야 하는 게 현실이다.

작게는 지역 공산당원부터 크게는 중앙당 위원까지, 인맥이 없으면 아무것도 못 하는 게 바로 중국이다.

"여기서 문제. 과연 한방소프트의 로비력은 어디까지일까요?"

"그거야…… 흠, 그렇군요. 잘해 봐야 지역이겠어요."

물론 지역이라고 해서 한국의 구나 시 정도 규모를 말하는 건 아닐 것이다.

못해도 한 개 성, 그러니까 한국으로 치면 도쯤 되는 규모가 될 게 당연한 일.

"그 정도만 되어도 일반적으로는 재판을 뒤집는 게 불가능하지 않습니다."

하지만 지금 노형진을 감시하는 사람들의 소속은?

"당연히 중국 중앙당 소속이고요."

중국 중앙당에서는 보고를 받고 그녀와 접촉할 테니 이게 돈이 될 거라는 걸 알 거다.

"그리고 리우 시앤은 그들에게 모든 사실을 말할 테지요."

이미 줄을 선 사람이라면 어떻게 해서든 자기 줄을 이용해서 사건을 처리하려고 할 것이다.

그건 반대로 말하면, 다른 권력자 라인이 끼어들 기회가 없다는 뜻이다.

"권력을 이용한 싸움에서 한 명보다는 두 명이, 두 명보다는 세 명이 더 유리한 건 당연한 거죠."

다른 공산당 권력자가 그 정보를 내놓으라고 로펌에 압력을 가하자니, 이미 줄을 탄 있는 사람인 만큼 건드리면 권력자끼리의 개싸움이 벌어질 게 뻔한지라 불가능하다.

"하지만 리우 시앤은 아니죠."

선도 없고 힘도 없는 초임 변호사.

달라는 대로 정보는 다 줘야 하지만 권력자들이 그녀를 보호할 의무가 없다. 자기 라인이 아니니까.

"모두가 공정한 게임이다?"

"네. 그리고 이런 경우는 모두가 공정하게 받아 처먹게 될 겁니다."

"그러면 상황이 많이 바뀌겠네요."

한방소프트에서 동원할 수 있는 선은 한 개, 그나마도 한 개 성 정도의 인맥.

그에 반해 노형진이 동원하는 인맥은 중앙당, 그것도 여러 명.

"말하지 않았습니까, 이건 이미 재판에 들어가기 전에 결정이 날 거라고."

이제 남은 건 기다리는 것뿐이었다.

☤

얼마 후 노형진의 예상대로 슬슬 중국 공산당에서 사람들이 오기 시작했다.

리우 시앤은 미리 말한 것처럼 모든 정보를 다 공개했고,

공산당원들은 그게 돈이 된다는 냄새를 맡은 것이다.

그리고 그 상대방은 노형진이 생각도 못 한 사람이었다.

'이야, 높은 곳에서 움직였나 보네.'

물론 중국 내부에서 누군가 보낼 거라고 생각은 했다. 그래서 2주간의 격리를 예상했다.

그런데 온 사람은 중국 내부에서 보낸 게 아니라 한국에 있는 사람, 즉 중국 대사관의 무관이었다.

'무관을 이런 용도로 보낼 정도면 절대 힘없는 사람은 아니겠군.'

애초에 무관이라고는 하나 한 나라를 대표하는 사람이다.

즉, 당에 대한 충성심이 인정되고 미래가 확정된 사람이라는 거다.

더군다나 말이 무관이지 상당수는 첩보 요원인 경우가 많다.

소위 말하는 공개된 요원인 화이트 요원이다.

그런 사람을 개인적인 용도로 보냈다?

그러면 중국 공산당 내부에서도 아주 핵심 인물일 가능성이 크다.

'그나저나 겁나 빠르네.'

리우 시앤이 노형진과 새론을 의뢰인으로 해서 의뢰받았다는 문서를 제출한 지 채 이틀도 지나지 않았다. 그런데 모든 걸 알고 달려오다니.

'어쩌면 그 이전부터 감시했을지도 모르지.'

애초에 그럴 가능성을 알기에 노형진이 직접, 새론 건물에서 자기 명의로 메일을 보내기는 했다.

마치 '나 여기 있다.'라고 어필하듯이 말이다.

그리고 그건 아무래도 예상대로 맞았던 모양이다.

"그래서 공매도를 하겠다?"

화상회의나 수임을 했다고 신고한 서류에서는 전혀 언급하지 않은 것까지 대놓고 찔러 오는 걸 보니 말이다.

이 이야기는 오로지 이메일에서만 언급한 거였다.

"네."

노형진은 자신을 찾아온 공산당원에게 굳이 거짓말을 하지 않았다.

어차피 알라고 그렇게 써서 보낸 거였고, 이제 당분간은 같이 가야 할 사람이니까.

그리고 이용 가치가 있다면 이용해 먹는 게 노형진의 스타일이다.

"〈공성전기〉를 해 본 적이 있으신가요?"

"없지."

"그러면 관련 이야기를 들어 보신 적은?"

"없지."

"그러면 인터넷에서 한번 그 이야기를 들어 보시죠."

노형진이 태블릿 하나를 건네자 그는 그걸로 〈공성전기〉

를 검색했다. 그리고 눈을 찡그렸다.

"입장이 아주 극단적인데?"

아무리 인터넷이 여러 가지 의견이 넘쳐 나는 공간이라지만 〈공성전기〉에 관련된 분위기는 딱 두 가지였다.

극단적 찬양, 아니면 극단적 혐오.

"아마 찬양은 바이럴일 테고, 혐오는 그에 당한 사람들일 겁니다."

바이럴. 즉 입소문 형태처럼 운영되는 광고 방식을 말한다.

"애초에 〈공성전기〉는 도박입니다. 유저의 돈을 쥐어짜기 위해 만들어진 수십 년간의 연구 결과죠."

"하긴, 내가 봐도 그렇군."

잠깐이나마 기록을 봐도 게임에 대해 모르는 공산당원조차도 '이건 게임이 아니라 도박 아닌가?'라고 생각할 만큼 〈공성전기〉는 유저를 착취하는 데 아주 특화되어 있었다.

"물론 이건 저희가 제공할 수 있는 정보고, 자세한 정보는 따로 알아보셔야 합니다. 굳이 저희를 믿어 주실 필요는 없지요."

"자신만만하군."

"자신만만하다기보다는 진실을 말씀드리는 겁니다. 어느 쪽으로 조사하든 결국 나올 답은 하나뿐이니까요."

"그래서 이걸 중국 시장에서 퇴출시키고 싶다?"

공산당원은 피식 웃었다.

"자네는 우리 중국에 안 좋은 감정을 가지고 있는 걸로 아는데."

"그럴 리가요. 전 변호사입니다. 의뢰에 따라 일할 뿐입니다."

물론 중국을 좋아하지는 않는다. 그렇다고 해서 승리에 중국을 이용하지도 말아야 한다는 법은 없다.

"뭐, 상관없나?"

공산당에도 상관없는 이야기다.

애초에 공산당이 충성심만으로 운영되었다면 중국이 부패한다는 건 말이 안 된다.

공산당은 충성심이 아닌 이권으로 운영되는 존재였고, 그 안에서 중국의 손실은 감안한다는 마인드가 깔려 있다.

'더군다나 이번 사건은 중국의 손해가 아니란 말이지.'

난생처음 확률표를 본 사람들조차도 이건 게임이 아니라 도박이라고 이야기할 정도였고, 매년 한방소프트가 중국에서 가지고 가는 돈은 1조를 훌쩍 넘는다.

수익의 절반 이상이 중국에서 나오는 거다.

'그리고 공산당이 가장 싫어하는 게 게임이라는 것도 맞고.'

공산당은 지속적으로 게임을 규제하기 위해 노력해 왔다.

몇 년 후에 아예 극단적인 방식으로 규제하기는 하지만, 그렇다고 해서 지금은 딱히 우호적인 것도 아니다.

당장 WHO를 통해 게임의 질병화를 이끌어 낸 것도 중국이 아니던가?

가뜩이나 규제하고 싶은데 이런 핑곗거리까지 있다면 완전히 감사할 일이다.

"서로 손해 볼 건 없는 것 같군."

"한방소프트만 손해를 보겠지요."

"그래. 그래서 말인데……."

공산당원은 미소를 지었다.

"어쭙잖은 돈은 그만두지."

"그 말씀은?"

"공매도, 우리도 끼도록 하지. 얼마나 필요한가?"

노형진은 그 말에 씩 하고 웃었다.

모든 것이 그가 원하는 대로 흘러가기 시작했으니까.

일어나라, 노예가 되기 싫은 자들아

"뭐? 그게 무슨 말이야? 중국에서 소송?"

"네, 중국에서 소송이 들어왔습니다. 총 스물두 건의 소송이 들어왔는데, 그 소송이라는 게……."

"그 소송이라는 게 뭔데?"

"속임수를 이용해 도박을 하게 했으니 돈을 내놓으라고……."

"허? 또?"

잠깐 놀랐던 최강도는 눈을 찡그렸다.

스물두 건이라는 소송 숫자에 놀랐지만 이내 별거 아니라는 듯 말했다.

"그래서 뭐? 하루 이틀 문제도 아니잖아. 뭐 문제 있어?"

중국에서 과연 이런 소송이 한 번도 없었겠는가? 당연히 있었다.

하지만 자신들은 언제나 잘 막아 냈다. 돈만 준다면 사람도 죽일 수 있는 중국이 아니던가?

"스물두 명이라니 좀 많기는 한 것 같네. 뭐야, 서로 뭉쳐서 소송한 거야?"

"그건 아닙니다. 각자 다른 지역에서 한 겁니다."

"그러면 우연인 모양인데, 그냥 적당히 판사들에게 좀 쥐여 주고 묻어 버려."

"하지만 스물두 건이라…… 가능할지……. 아무래도 손실이 적지 않을 겁니다만."

"신경 꺼. 그런 개돼지들 상대하는 게 뭐 하루 이틀도 아니고. 적당히 돈 주고 묻어 버려."

이때까지만 해도 최강도는 별로 신경 쓰지 않았다.

자신이 창조한 세계는 너무나 완벽하기에 누구도 태클을 걸지 못할 거라 생각했으니까.

그러나 그 생각은 얼마 지나지 않아 틀어졌다.

⚖️

"뭐라고? 판사가 비협조적이야? 어디서?"

"어디서가 아닙니다. 다 그렇습니다."

"아니, 다 그렇다는 게 말이나 돼?"

이것이법이다

물론 중국의 판사들이 다 썩었다는 건 아니다.

극히 일부 양심적인 판사들도 있고, 그들은 뇌물을 받지 않을 가능성이 있다는 것도 안다.

하지만 절대다수가 부패한 판사들이고, 그들이 뇌물을 거부하고 판결을 내린다는 건 절대로 반가운 사실이 아니다.

한두 명이라면 모를까, 사건 건수가 스물두 건인데 그중 한 명도 돈을 안 받는다?

다른 곳이라면 모를까, 중국이 그럴 리가 없다.

"그나마 우리에게 협조해 주던 판사가 한마디 해 주기는 했는데……."

과거에 돈을 받고 사건을 무마해 줬던 판사가 그나마 돈을 받고 조금이나마 정보를 줬다는 건데, 그 정보가 이만저만 위험한 것이 아니었다.

"도대체 누굴 건드린 거냐고 중앙당에서 말이 나왔답니다."

"중앙당? 거기 성 중앙당 말이야?"

"아닙니다. 성이 아니라, 말 그대로 중국의 중앙당에서 나온 말이랍니다."

"뭐? 그게 무슨 소리야?"

"아니, 그게…… 저도 모르겠습니다. 다만 자기는 그것까지밖에 말해 줄 수 없다면서……."

"씨팔, 돈 받아 처먹고 그게 할 말이야?"

"그 말도 간신히 받아 낸 겁니다."

그 말에 최강도의 눈동자가 흔들렸다.

판사라고 하면 중국 내부에서도 상당한 권력을 가진 권력자들이다.

그런 그들이 눈치를 보면서 말을 안 한다?

더군다나 위에서 말이 나왔다고 한다?

"그러면 사건에 중국 공산당이 직접 개입 중이라는 소리잖아?"

"네, 그런 것 같습니다."

"아니, 왜? 뭣 때문에? 우리가 뭘 잘못했다고?"

"그게, 한 가지 가능성이……."

"가능성?"

"전에 기억하십니까? 고한병 말입니다."

"고한병? 아…… 그 새끼가 설마?"

"그때 공매도 운운하지 않았습니까?"

"공매도…… 이런 씨팔……."

공매도란 주가의 폭락을 기반으로 이루어지는 가상의 매매다.

만일 주가가 폭락하지 않으면 정작 공매도를 건 대상은 심각한 피해를 입게 된다.

물론 마이스터쯤 되면 그 정도 손실이야 버틸 수 있겠지만.

"고, 공매도라고?"

멍청하게 그냥 우연을 기다릴 리 없다는 건 당연한 일.

결과적으로 대부분의 공매도는 두 가지 경우에 이루어진다.

첫 번째, 폭락할 수밖에 없는 내부 정보를 가지고 있다.

하지만 이런 경우에는 여러 가지 위험부담이 강하게 작용한다.

왜냐하면 그런 내부 정보를 가지고 있다는 것 자체가 내부인이라는 거고, 그건 주식을 이용해서 사기를 치는 범죄로 분류되기 때문이다.

주식의 내부자 거래는 처벌이 엄청나게 강할 뿐만 아니라 수익도 환수된다.

두 번째, 주식이 폭락하게 유도할 수 있다.

여기서 불리한 건 기업이지 공격자가 아니다.

왜냐하면 그런 것은 대부분 불법적인 행위로 인한 주가 하락을 노리기 때문에 내부 거래가 아니라 일종의 제보 성격을 가지고 있는 데다가, 설사 불법이 아니라고 해도 공격은 과거에 이미 이루어진 것이기 때문이다.

그러니까 이제 와서 '아, 그런 거 이제 안 하겠습니다.'라는 말로 주가의 폭락을 막을 수는 없다.

"아니, 그게 무슨 말이야? 어? 그러니까 지금 이게 공매도를 위한 공격이라는 거야?"

"저희는 그렇게 보고 있습니다. 아시겠지만 중국에서 거

두는 수익이 총수익의 절반 이상입니다."

막대한 수익이 나는 중국 시장.

그리고 그 수익의 대부분은 〈공성전기〉에서 나온다.

설사 소송 대상이 〈공성전기〉가 아니라고 해도 문제인 게, 애초에 한방소프트에서 나오는 모든 게임의 게임 내 플레이 방식은 〈공성전기〉를 거의 복제하다시피 한 수준이기 때문이다.

애초에 최소한 한 달에 100만 원 이상을 지르지 않으면 플레이 자체가 불가능하게 만들어 둔 시스템 때문에, 하나가 두들겨 맞기 시작하면 모든 게임이 두들겨 맞을 수밖에 없는 구조다.

"이런 씨팔. 야! 그러면 당장 중국으로 가야 할 거 아니야?"

"네?"

"중국에 가서 어떻게 해서든 막으라고!"

그제야 최강도는 노형진이 노리는 게 한국이 아니라 중국이라는 사실을 알아차렸다.

지금까지 문제를 제기해도 결국 본사가 있는 한국에서 이루어진 일들이었다.

그러면 한방소프트에서는 돈을 가지고 틀어막고 말이다.

"그랬기에 그다지 문제 될 게 없다고 생각했는데……."

본사는 아예 쌩까고 중국을 뒤집을 생각을 하다니. 그리고 손실분은 공매도를 통해 보충하겠다니.

"미친 새끼."

노형진이 아니라면 누구도 생각 못 할 작전이었고, 생각은 한다고 해도 실행할 능력이 안 되는 작전이었다.

하지만 이제는 상황이 바뀌었다.

노형진은 중국을 공략 중이다.

만일 중국에서의 도박이니 돈을 돌려 달라는 소송에서 자신들이 패배하면?

그때는 한방소프트는 끝이다.

왜냐하면 수익이 줄어드는 것과는 전혀 다른 문제가 터지기 때문이다.

단순히 중국에서 서비스를 중단하는 것만으로도 수익의 절반이 날아간다.

그것도 머리가 아픈데, 이 소송은 서비스 중단을 요구하는 게 아니라 그동안 중국에서 빨아들인 돈을 토해 내라는 것이다.

패하면 서비스 중단이 아니라 회사를 팔아도 못 돌려주는 막대한 빚이 생기는 거다.

"당장 중국으로 사람 보내! 당장!"

"하지만 중국은 지금 완전 격리 상태입니다. 아시겠지만 코델09바이러스가 퍼져서……."

"야! 내 손에 죽을래, 아니면 코델에 죽을래? 당장 중국으로 출발해!"

다급한 최강도의 목소리가 사방에 쩌렁쩌렁 울렸다.

"최강도가 중국으로 사람을 보냈다고 하더군."

"그건 또 어떻게 아신 겁니까?"

"뭐, 나름의 정보력이지."

김성식은 노형진에게 미소를 지으며 대답했다.

"아무래도 내가 출신이 출신이지 않나?"

"하긴, 그건 그렇지요."

지금은 사라졌다고 하지만 대검찰청 중앙수사본부의 위력은 어마어마했다.

그곳의 수장이었던 김성식에게 이 정도의 정보를 얻는 건 그다지 어렵지 않은 일일 가능성이 크다.

"그런다고 해서 뭐가 바뀌겠습니까? 현실적으로 최강도가 지금 사람을 보내 봐야 2주간은 격리될 텐데요."

"그렇지."

2주간은 격리 상태일 테고, 그 후에 나와서 여기저기 찌르고 다닌다고 한들 이미 소문은 퍼질 대로 퍼진 상태일 것이다.

"하지만 중국에서 다른 브로커를 찾을 수 있을 텐데."

"물론 그건 그렇습니다. 재판은 아직 시작도 안 했으니까요."

노형진도 최강도가 그렇게 쉽게 무너질 거라고는 생각하지 않았다.

최강도라면 분명 다른 사람을 찾아 어떻게 해서든 재판을 뒤집으려고 할 거다.

비록 2주라는 시간이 늦춰졌다고 하지만, 그래도 재판 결과를 바꿀 수 있는 기회가 없는 건 아니다.

"물론 그런다고 해도 쉬운 일은 아니겠지만요."

"어째서 말인가?"

"제가 왜 굳이 우리 사내 메일까지 써 가면서 공산당의 핵심 위원들을 끌어들이려고 했겠습니까?"

"응? 글쎄. 잘 모르겠는데?"

확실히 노형진은 일할 때 보안을 최우선으로 생각한다.

하지만 이번 일 같은 경우는 보안은커녕 도리어 사방에 알리려고 손쓰기까지 했다.

게임상에 로그를 남기고, 대놓고 메일을 남기고, 중국인 변호사를 대놓고 선임해서 그 기록이 중국 정부에 올라가게 하고.

"공매도 때문입니다."

"공매도?"

"한방소프트의 주가는 현재 11만 8천 원입니다. 중국 시장이 날아간다면 주가가 얼마나 떨어질까요?"

"아마 시궁창으로 처박히겠지."

"네. 그걸 노린 공매도고요."

노형진은 고개를 끄덕거렸다.

"아마 한방소프트와 최강도는 지금 공산당원들이 돈을 받고 사건에 압력을 행사하고 있다고 생각할 겁니다."

"그게 틀린 건 아니잖나?"

"반은 맞죠, 반은. 하지만 반은 틀리죠."

노형진이 메일에서 굳이 공매도를 언급한 이유가 있다.

사실 변호사를 선임하는 과정에서 굳이 공매도를 한다고 언급할 이유는 없다.

"공매도에 중국 공산당의 참가를 원했기 때문에 그런 겁니다."

"공산당원의 참가라고?"

"생각해 보세요, 공매도를 통한 수익과 한방소프트에서 주는 뇌물 중 어느 것이 더 금액이 클지."

"하긴, 그렇군."

한방소프트에서 주는 돈은 잘해 봐야 몇억이다.

그에 반해 공매도를 통해 얻을 수 있는 수익은?

최소한 수십억은 될 거다.

"그러면 한방소프트에서는 난리가 나는 거죠."

그걸 막기 위해서는 둘 중 하나다.

더 강한 윗선을 데리고 와서 힘으로 찍어 누르든가, 아니면 그 수십억에 달하는 공매도 이익을 메꿔 주든가.

"우리는 정보만 흘린 거라 그다지 피해가 없지만 한방소프트는 아닌 거죠."

이미 중국의 중앙당에서 나선 이상 그걸 막을 수 있는 건 샹량핑 국가 주석 정도는 되어야 할 텐데, 과연 샹량핑이 그런 로비를 받아 줄까?

애초에 샹량핑이 돈 몇억에 움직일 정도의 위인도 아니거니와, 중국의 게임 혐오의 핵심 인물이 바로 샹량핑 아니던가?

"결국 한방소프트는 돈은 돈대로 쓰고 효과는 보기 힘들다는 거죠."

노형진은 자신 있게 말했다.

"그래서 공매도를 언급한 거군."

"맞습니다. 이제 공산당원들은 뇌물 수수자가 아니라 당사자가 되었죠."

그리고 법적으로도 공매도를 통해 돈을 버는 건 합법이다.

안전성 부분에서도 어설프게 받는 뇌물과 비교할 수준이 아닌 것이다.

"아마 중국에서 어떻게 해서든 뒤집고 싶을 테지만……."

이미 노형진이 끼어든 시점에서 한방소프트와 최강도에게는 기회가 없었다.

"자, 이제 슬슬 쇼를 시작해 볼까요?"

"무슨 쇼?"

"폭락의 쇼 말입니다. 원래 복수는 티 나게 하는 겁니다."

노형진은 이번 복수를 사방팔방에 소문낼 생각이었다.

다음 권으로 이어집니다

꿈의 도약, 로크에서 하십시오
(주)로크미디어에서 신인 작가를 모십니다

즐거운 세상, 로크미디어는 꿈을 사랑하고 도전을 두려워하지 않는 작가 분들의 참신한 작품을 기다리고 있습니다. 21세기 장르 문학계를 이끌어 갈 차세대 선두 주자 (주)로크미디어에서 여러분의 나래를 활짝 펴 보시길 바랍니다.

모집 분야 판타지와 무협을 포함한 장르 문학
모집 대상 아마추어 작가, 인터넷 작가
모집 기한 수시 모집
   작품 접수 시 유의 사항
      1. 파일명은 작가명_작품명.hwp형식을 갖춰 주십시오.
      1. 파일에 들어갈 내용은 다음과 같습니다.
         ― 성명(필명인 경우 실명을 밝혀 주세요), 연락처, 이메일 주소
         ― 제목, 기획 의도
         ― A4용지 1장 분량의 등장인물 소개
         ― A4용지 2장 분량의 전체 줄거리
         ― 본문
      1. 작품이 인터넷에 연재되고 있다면, 게시판명과 사이트의 구체적이고 정확한 주소를 기재해 주십시오.

선택된 작품은 정식 계약 후 출판물로 간행되어 전국 서점에 유통됩니다.
작가 분은 (주)로크미디어의 전폭적인 지원하에 전속 작가로 활동하시게 됩니다.
※ 자세한 내용은 로크미디어 홈페이지(rokmedia.com)를 참조하세요.

(04167)서울시 마포구 마포대로 45 일진빌딩 6층
(주)로크미디어 편집부 신간 기획 담당자 앞
전화 : 02) 3273 – 5135
www.rokmedia.com   이메일 : rokmedia@empas.com